DIESES BUCH GEHÖRT:

Die drei !!!

Die drei !!!

Rätselhafter Raub

Mira Sol

KOSMOS

Umschlagillustration von Ina Biber, Gilching
Umschlaggestaltung von Sabine Reddig

Unser gesamtes lieferbares Programm und viele weitere Informationen zu unseren Büchern, Spielen, Experimentierkästen, Autoren und Aktivitäten findest du unter **kosmos.de**

Weitere Bände dieser Reihe siehe S. 160

MIX
Papier aus verantwortungsvollen Quellen
FSC® C083411

Gedruckt auf chlorfrei gebleichtem Papier

ISBN 978-3-440-16811-0
Redaktion: Franziska Latoska
Lektorat: Claudia Müller
Produktion: DOPPELPUNKT, Stuttgart
Druck und Bindung: CPI Books GmbH, Leck
Printed in Germany / Imprimé en Allemagne

Die drei !!!

Rätselhafter Raub

Die dunklen Straßen der Galaxie

Ein Kranz aus winzigen Blüten und Perlen schmückte ihr langes rotblondes Haar. Das Gesicht war blass, fast bleich, die Augen sehr groß und von einem unglaublichen Blau. Wie auf der spiegelnden Oberfläche eines Bergsees brach sich das Licht in ihnen und aus ihrem Innern schien ein geheimnisvolles Leuchten zu kommen.

»Wunderschön«, hauchte Marie. »Das sind echte Elfenaugen.«

Kim nickte stumm. Sie konnte sich gar nicht mehr losreißen von diesem unendlichen Blau. Sie hatte das Gefühl, dass diese Augen bis in die Tiefen ihrer Seele sahen.

»Was für ein Blick«, hörte sie Franzi murmeln. Ihre Freundin bewegte sich langsam von rechts nach links und wieder zurück. Schließlich schüttelte sie den Kopf. »Sie beobachtet mich. Das ist gruselig.«

David räusperte sich. »Das ist eine Puppe. Und sie schielt. Deswegen meint man, sie guckt einem hinterher.«

Mit einem Schlag war der Zauber verflogen.

Kim sah ihren Freund vorwurfsvoll an. »Sie hat einen magischen *Silberblick*. Es ist doch egal, ob das eine Puppe ist. Sie wirkt so lebendig ...«
»Stimmt«, unterbrach David sie. »Sie sieht wirklich toll aus. Genau wie all die anderen.« Er deutete auf die fünf großen gläsernen Vitrinen, in denen bestimmt fast hundert antike Puppen effektvoll in Szene gesetzt waren. »Wir können ja bald wiederkommen und uns die Ausstellung in aller Ruhe ansehen. Aber jetzt wartet Jens-Dieter Rohloff auf uns. Die Lesung fängt in einer Stunde an.«
Kim zuckte zusammen. »Wir müssen noch die Mikrofone testen, und die Musik.« Sie spürte, wie ihr die Hitze ins Gesicht stieg und ihr Herz schneller zu schlagen begann. »Jetzt bin ich total aufgeregt.«
»Wir schaffen das.« David klopfte ihr auf die Schulter und lächelte. »Auf in die alte Bibliothek.«
Franzi winkte der Puppe mit den Elfenaugen zu. »Wünsch Kim und David Glück!«
Im Vorbeilaufen verdunkelte Franzis Schatten das Gesicht der Puppe. Für den Bruchteil einer Sekunde meinte Kim ein Augenzwinkern wahrzunehmen. Sie schüttelte den Kopf und beeilte sich, den anderen zu folgen.
Zügig durchquerten sie den Ausstellungsraum und liefen durch eine breite Flügeltür, hinter der ein Gang mit dunkelblauen Seidentapeten lag.
Die Mädchen kannten sich aus im alten Wasserschlösschen im Jakobipark. In dem verwinkelten Gebäude mit den vielen Tür-

men und Erkern hatten die drei Detektivinnen vor einiger Zeit einen spannenden Fall gelöst.

Der glänzende Parkettboden knarrte unter ihren Füßen, während sie auf die dunkle Holztür am Ende des Gangs zusteuerten. Sie hörten dumpfe Fanfarenklänge und gedämpften Trommelwirbel. Durch einen Spalt am Boden blitzte grelles Licht auf.

»Herr Rohloff ist schon da«, stellte David fest. »Unsere Lesung wird bestimmt der absolute Knaller mit seiner Geräuschuntermalung.« Er hielt kurz inne und lauschte. »Das ist die Filmmusik von *Krieg der Sterne*, spitze!«

Kim atmete tief durch und zog die schwere Holztür auf. Augenblicklich schwoll die Musik zu einer ohrenbetäubenden Geräuschkulisse an. Lichtblitze schossen durch den Saal. Sie trafen auf die Regale, in denen tausende in Leder gebundene Bücher standen. Die goldenen Schriftzeichen auf den Rücken reflektierten das grelle Licht, sodass es schien, als würden glühende Funken aus ihnen springen.

Kim kniff geblendet die Augen zusammen. »Nicht schlecht!«, rief sie gegen die Fanfaren an.

»Großartig!«, brüllte David zurück.

Jens-Dieter Rohloff saß an einem Pult in einer Ecke des Raums und tippte auf seinem Laptop. Die schwarze Hornbrille war ihm bis zur Nasenspitze gerutscht, das kurze dunkle Haar stand in alle Himmelsrichtungen ab.

Kim musste grinsen. Rohloff sah aus wie ein besessener Computer-Gamer, der unbedingt das nächste Spiele-Level erreichen

wollte. In Wirklichkeit war der Mann ein berühmter Bestseller-Autor. Er schrieb spannende Science-Fiction-Romane, die weltweit Beachtung fanden. Seine Lesungen, die er mit Sound- und Lichteffekten untermalte, waren legendär.
Die drei !!! hatten Rohloff vor einiger Zeit bei den Ermittlungen zu einem Fall kennengelernt. Seitdem war besonders Kim mit ihm in Kontakt geblieben. Er hatte ihr wertvolle Tipps für den Fantasy-Krimi gegeben, den sie mit David zusammen geschrieben hatte. Auch die Idee, das fertige Manuskript bei einem Schreibwettbewerb einzusenden, stammte von ihm.
Tatsächlich hatten Kim und David den ersten Platz gemacht! Der kleine, aber feine Verlag, der den Wettbewerb ausgeschrieben hatte, würde ihren Roman im kommenden Programm als E-Book herausbringen. Kim konnte es immer noch nicht richtig fassen.
Heute fand ihre erste öffentliche Lesung statt. Jens-Dieter Rohloff hatte sich um alles gekümmert und Kim und David eine unvergessliche Vorstellung versprochen.
In einer Stunde würden die zehn Reihen von Klappstühlen im Bibliotheks-Saal besetzt sein und das Publikum den Szenen lauschen, die Kim und David aus ihrem Roman *Die dunklen Straßen der Galaxie* vorlasen.
Kim lief ein Schauer über den Rücken. Hoffentlich verhaspelte sie sich nicht, David stieß das Mikrofon nicht um und es passierte auch sonst kein Missgeschick. Sie betrachtete misstrauisch die Scheinwerfer, die neben dem Pult auf wackeligen Ständern befestigt waren.

In dem Moment sah Jens-Dieter Rohloff hoch und erkannte David und die Mädchen. Er tippte auf der Tastatur, Fanfarenklänge und Lichtblitze erstarben. »Da seid ihr ja endlich!«
Kim lief zu ihm und gab ihm die Hand. »Entschuldigen Sie bitte. Wir sind in der Puppenausstellung im roten Salon hängen geblieben.«
Rohloff nickte und stand auf. Er begrüßte David, Franzi und Marie und streifte dabei versehentlich einen der Ständer. Die darauf montierte Lampe begann gefährlich zu schwanken. »Die Ausstellung ist beeindruckend, nicht wahr? Viele der Puppen sind weit über hundert Jahre alt und echte Seltenheiten. Ein großer Teil stammt aus der Sammlung meiner Patentante Elvira Reumann.«
»Die Puppen sind toll«, stimmte Marie zu. Mit einem gezielten Griff stoppte sie die schaukelnde Lampe neben Rohloff. »Ich habe beim Stichwort Puppen bisher immer nur an *Barbies* oder langweilige Babypuppen gedacht. Aber diese hier sind anders. Sie sind richtige kleine Persönlichkeiten.«
Rohloff lächelte. »Der Satz könnte von Elvira stammen. Übrigens, Kim und David: Ihr könnt euch bei ihr bedanken. Durch die Ausstellung bin ich auf diese geniale Location für die Lesung gestoßen.«
»Die Bibliothek ist super!« David trat nervös von einem Bein aufs andere. »Ich glaube, wir sollten so langsam mal loslegen.«
»Natürlich.« Jens-Dieter Rohloff schlug David auf die Schulter. »Wir müssen nur noch eure Mikros testen.«
»Prima«, krächzte Kim. Besorgt stellte sie fest, dass sie weiche

Knie bekam. Unsicher lief sie neben David zu dem Tisch mit den zwei Stühlen am Ende des Saals. Sie zog den Papierstapel mit ihrer ausgedruckten Geschichte aus dem Rucksack.
Marie und Franzi nahmen in der ersten Reihe Platz. Sie reckten Kim die Daumen entgegen.
David setzte sich, schob eine Wasserflasche und zwei Gläser zur Seite und klopfte gegen das Mikro. Ein metallisches Pochen hallte aus den Lautsprechern. »Eins, zwei, drei, POWER!!!«, fügte er hinzu und grinste Kim an. Seine Stimme wurde von Rauschen und Knacken überlagert.
»Kein Problem, das kriegen wir hin«, versprach Rohloff. Mit federnden Schritten lief er zum Pult zurück und betätigte einige Regler an einem Gerät, das neben dem Laptop stand. »Jetzt versuch es noch mal!«
David sprach erneut ins Mikro, dieses Mal erklang seine Stimme voll und klar im Raum.
»Wunderbar«, stellte Rohloff fest. »Und nun du, Kim.«
Mit zitternden Fingern zog Kim das Mikro näher zu sich heran. Das Herz schlug ihr bis zum Hals und wie durch Watte hörte sie sich sagen: »Ich glaube, ich kann das nicht.«
»Du musst das Mikro einschalten!«, rief Rohloff. »Es ist der kleine Knopf am Griff.«
»Du kannst das«, flüsterte David ihr zu. »Wir machen das zusammen. Da kann nichts schiefgehen!«
Kim nickte David dankbar zu. Sie schaltete das Mikro ein, holte tief Luft und begann zu lesen. Die Worte klangen sofort vertraut. Ihr Herzschlag beruhigte sich. Plötzlich fühlte sich Kim

sicher und stark und ihre Stimme klang voll und kräftig, während sie den Abschnitt zu Ende las.
»Perfekt!«, rief Rohloff. »Jetzt probiert mal die Szene im Raumschiff, in der Junos das Gegengift von Laurina bekommt. Ich spiele die Musik ein.«
Während die Fanfarenklänge anschwollen, blätterten Kim und David in ihren Ausdrucken zum Kapitel vor.
»Das wird richtig gut«, sagte David. Er rückte näher an Kim heran.
Sie spürte die Wärme seines Arms an ihrem und schmiegte sich daran. »Ja, das glaube ich auch!«

Eine halbe Stunde später klatschte Jens-Dieter Rohloff in die Hände. »Wunderbar, es funktioniert perfekt!«
»Ihr macht das wirklich gut!«, rief Marie. »Man kann sich toll in Junos und Laurina hineinversetzen, wenn ihr lest.«
»Absolut!«, bestätigte Franzi.
Kim lehnte sich erleichtert zurück.
David legte einen Arm um sie. »Siehst du!«
Hoffentlich klappt es nachher auch so gut, schoss es Kim durch den Kopf.
»Ihr solltet euch am Ende der Lesung küssen«, unterbrach Franzi Kims Gedanken. »Wie Laurina und Junos, wenn sie mit dem befreiten Einhorn zurück zu ihrem Planeten fliegen.«
»Niemals«, entfuhr es Kim.
David sah sie enttäuscht an. »Warum denn nicht? Das ist doch eine gute Idee!«

Kim schüttelte den Kopf. »Meine Eltern bringen die Zwillinge mit. Die drehen durch, wenn sie uns beim Küssen sehen.« Sie dachte an die fürchterlichen Grimassen und lauten, peinlichen Schmatzgeräusche, die ihre kleinen Brüder immer machten, wenn sie Kim und David zusammen antrafen. Solch eine Szene wollte sie bei ihrer ersten öffentlichen Lesung ganz bestimmt nicht haben.
David grinste. »Ich finde es lustig, wenn Ben und Lukas sich so aufführen. Sie blamieren sich doch nur selbst.«
Kim seufzte. »Stimmt auch wieder.«
»Weißt du was«, meinte David. »Wir entscheiden das nachher einfach spontan.« Er sah auf seine Armbanduhr. »In einer Viertelstunde geht es los. Ich verschwinde noch mal schnell zum Klo.« David stand auf und lachte plötzlich los. »Wenn man vom Teufel spricht.« Er deutete zur Tür.
Zwei Jungen mit verstrubbeltem Haar lugten herein. Kim atmete scharf aus. Es waren ihre kleinen Brüder.
David klatschte sich im Vorbeigehen mit ihnen ab und verschwand nach draußen.
»Hallo, Planschkuh!«, rief Ben fröhlich. »Wir wollten dir viel Glück wünschen.« Gefolgt von seinem Bruder lief er auf Kim zu.
In den Händen hielt er ein merkwürdiges Gebilde, dessen Hauptbestandteil eine Klopapierrolle war. An einem Ende waren zwei silbern glänzende CD-Scheiben befestigt, in deren Mitte ein grünes Lämpchen blinkte.
Ben stellte die Konstruktion vor Kim auf den Tisch. »Für

dich. Das ist das Raumschiff, mit dem die Aliens in eurem Buch die Erde bombardieren.« Er hob die Klorolle schräg an. Zwei kleine Täfelchen rutschten heraus. »Mit Vollmilch-Nuss-Schokolade!«

»Viel Glück bei der Lesung«, krähte Lukas.

Die Jungen machten auf dem Absatz kehrt und rannten zur letzten Stuhlreihe. Lukas zog einen Mini-Fußball aus der Hosentasche und kickte ihn Ben zu.

»Danke, Jungs!«, rief Kim. Amüsiert betrachtete sie das Klorollenraumschiff. Manchmal waren ihre Brüder wirklich süß.

»Ben. Lukas. Benehmt euch!«, schallte es plötzlich durch die Bibliothek.

Kim musste nicht hinsehen, um zu wissen, dass der Schatten, der im Blitztempo auf die beiden zueilte, ihre Mutter war. Ihre Stimme war unverkennbar: kräftig, durchdringend, Jahrzehnte geschult durch ihren Beruf als Lehrerin und Schulleiterin.

Frau Jülich stoppte den Fußball mit einem Ausfallschritt, hob ihn auf und stopfte ihn in ihre Handtasche. »Bitte setzt euch.«

»Menno«, maulten Ben und Lukas gleichzeitig, ließen sich aber sofort auf zwei Stühle fallen. Die Jungen verschränkten gleichzeitig die Arme vor der Brust und schoben das Kinn vor.

Ihre Mutter kam mit geröteten Wangen zu Kim an den Tisch. »Hallo, mein Schatz! Papa ist auch gleich da, er sucht noch einen Parkplatz.« Sie beugte sich zu Kim und gab ihr zwei Küsschen auf die Wangen. »Ganz viel Glück! Ich bin so stolz auf dich.« Irritiert sah sich Frau Jülich um. »Wo steckt David denn? Die Lesung fängt doch gleich an.«

Kim blickte nervös auf ihr Handy. »In genau acht Minuten. David wollte nur kurz zur Toilette. Das ist jetzt allerdings schon eine ganze Weile her.« Sie wuschelte sich durchs Haar. »Ich schau mal nach.«

Alarm

Die Toiletten befanden sich im Kellergeschoss des Schlösschens. Kim sprang, zwei Stufen auf einmal nehmend, die Treppe hinab. Kurz darauf hatte sie den letzten Absatz erreicht und spähte durch das verschnörkelte Gitter am Geländer in den langen Gang vor ihr. Wo steckte David?
Dann sah sie ihn. Ihr Freund kniete in gebeugter Haltung am Boden. Mit einer Hand hielt er sich an der Heizung fest, die andere Hand steckte darunter.
»Was ist passiert?«, rief sie entsetzt und rannte, so schnell sie konnte, zu ihm.
David riss den Kopf hoch. »Kim!« Er zog seinen Arm unter der Heizung hervor und rappelte sich auf. »Wir sind zusammengestoßen und die Noten sind aus der Tasche gefallen.«
Erst jetzt bemerkte Kim, dass da noch eine weitere Person war. Es war ein dunkelhaariger, ungefähr sechzehn oder siebzehn Jahre alter Junge. Er kniete in einigen Metern Entfernung ebenfalls auf dem Boden. In einer Hand hielt er einen Stapel zerknitterter Papiere.

»Hi«, sagte der Junge mit einem schiefen Lächeln. Er schob die Papiere ins Außenfach einer großen Tasche, die an der Wand lehnte. »Ist blöd gelaufen. Aber jetzt haben wir alles wieder beisammen, glaube ich.« Er stand auf und pustete sich die Haare aus der Stirn. Eine kleine Narbe blitzte am Haaransatz auf. »Ich muss los, sonst komme ich zu spät zum Akkordeonunterricht.«

David nickte. »Tut mir echt leid. Ich hab einfach nicht aufgepasst.«

Kim unterdrückte ein Lächeln. Ihr Freund war manchmal etwas tollpatschig. Zum Glück war bei seinen kleinen Unfällen bisher nie etwas Ernsthaftes passiert. Auch jetzt schien alles glimpflich abgelaufen zu sein.

Wie zur Bestätigung antwortete der Junge: »Kein Problem. Die Tür hat ja nur den Akkordeonkoffer getroffen und nicht meinen Kopf.« In einer fließenden Bewegung schwang sich der Junge den schwarzen Kasten über die Schulter und lief los. »Macht's gut!«

»Warte!«, rief David. »Du musst hier die Treppe rauf. Die Räume der Musikschule sind im zweiten Stock.«

Der Junge blieb stehen. »A...ach so«, stotterte er. »Danke, ich bin zum ersten Mal hier. Tschüss!« Er machte kehrt und lief zur Treppe.

Sekunden später war er aus ihrem Blickfeld verschwunden.

»Wie spät ist es?«, fragte Kim.

»Wir haben noch fünf Minuten.«

»Nichts wie los!« Kim lief zur Treppe. Beim Vorbeigehen sah

sie einen kleinen roten Gegenstand unter der Heizung hervorblitzen. Sie bückte sich und zog ein dünnes Aufgabenheft hervor. »Das gehört bestimmt dem Akkordeon-Jungen. Wir bringen es ihm schnell.«

David schüttelte den Kopf. »Dafür ist keine Zeit. Wir legen es einfach auf den Tresen hier bei der Garderobe.«

Kim nickte hektisch und platzierte das Heftchen gut sichtbar auf der Theke.

Dann rannten sie los.

Jens-Dieter Rohloff kam ihnen am Eingang zur Bibliothek entgegen. Er machte ein besorgtes Gesicht. »Ich wollte euch gerade suchen gehen. Was war denn los?«

David winkte ab. »Nur ein kleines Missgeschick.« Er fasste Kim an der Hand. »Dann wollen wir mal!«

»Prima.« Der Autor eilte zu seinem Pult.

»Fast alle Plätze sind besetzt«, stellte David zufrieden fest, während sie nach vorne zum Lesungstisch liefen.

Kim nickte. Ihr war beim ersten Anblick des tuschelnden und gespannt wartenden Publikums nicht ganz wohl gewesen. Aber nun entdeckte sie so viele bekannte Gesichter, die ihr freundlich zulächelten, dass sie zunehmend ruhiger wurde. Franzis Familie war da, die Eltern von Marie und sogar Charlotte, Lena und Mona vom Schreibworkshop waren gekommen.

Kim setzte sich und atmete tief durch. David schob das Manuskript näher zur Tischkante.

Jens-Dieter Rohloff sprach ein paar kurze Begrüßungsworte,

das Publikum klatschte. Leise setzten die Fanfarenklänge ein und das Licht wurde gedimmt. Kim konzentrierte sich auf den Text, der im Schein der kleinen Leselampe vor ihr lag.

Die Trommelwirbel wurden schneller. Dann folgte ein letzter Paukenschlag. Rohloff stoppte die Musik.

Im Publikum herrschte gespannte Stille.

Kims Einsatz begann. Sie las einen Abschnitt vor, in der in einer Rückblende von Laurinas und Junos' Kindheit auf dem paradiesischen Planeten *Floralis III* erzählt wurde.

Noch stärker als bei der Probe fühlten sich die Worte, die sie las, wie gute alte Bekannte an. Vertraute Bilder zogen an Kim vorüber und trugen sie sicher durch den Text.

Bald war Kim an der Stelle angelangt, an der die sorglose Kindheit von Laurina und Junos zu Ende war: »*Der Komet raste mit Lichtgeschwindigkeit auf ihren Heimatplaneten zu.*«

Rohloff ließ einige Stroboskop-Blitze durch die Bibliothek schnellen und spielte dramatische Hintergrundmusik ein. »*Laurina wusste, dass es nur eine einzige Rettung gab. Sie mussten unverzüglich den Raumgleiter starten. Auch wenn weder sie noch Junos jemals ein Modell mit Meteoritbeschleunigung gesteuert hatten ...*«

Der durchdringende Klang einer Alarmsirene war plötzlich zu hören. Die schrillen Töne schraubten sich höher und höher.

Kim verstummte und sah verunsichert zu Rohloff. So hatten sie das vorhin nicht geprobt. Außerdem war der Ton dermaßen laut, dass sie unmöglich dagegen anlesen konnte.

David winkte dem Autor.

Rohloff hob die Hände und machte ein fragendes Gesicht. Licht und Musik erstarben, das Sirenenheulen blieb.
Das Publikum wurde unruhig.
Im nächsten Moment wurde die Tür zur Bibliothek aufgerissen und ein Mann in einem grauen Arbeitskittel trat mit energischen Schritten ein. »Der Feueralarm wurden ausgelöst!«, rief er gegen die Sirenen an. »Bitte bewahren Sie Ruhe und verlassen Sie umgehend das Gebäude. Sammelpunkt ist der Platz vor der Steinbrücke.«
Die Leute fingen an, aufgeregt zu tuscheln, und erhoben sich von ihren Sitzen.
Kim sprang auf und sah sich alarmiert um. Sie schnupperte in die Luft, konnte aber keinen Brandgeruch ausmachen.
Franzi und Marie waren ebenfalls aufgestanden und warfen Kim besorgte Blicke zu.
Die Leute strömten nun aus der Bibliothek hinaus in den Gang. Zum Glück gaben der Hausmeister und Jens-Dieter Rohloff geschickt Anweisungen, sodass keine Panik ausbrach.
Die Flügeltüren zum roten Saal waren weit geöffnet, die Leute schoben sich zwischen den Vitrinen mit den Puppen hindurch zum Treppenhaus. Die alten Stufen aus Holz knarrten und ächzten unter der Last der Menschenmenge.
Kim sah ihre Eltern und die Zwillinge einige Meter vor sich. Ihre Mutter wandte sich um, Kim winkte ihr zu und nickte.
Binnen weniger Minuten hatten sie den Platz an der Brücke, die über den Wassergraben des Schlösschens führte, erreicht. Kim atmete auf.

Die Leute standen in Gruppen zusammen und diskutierten aufgeregt. Kim entdeckte Franzi und Marie mit ihren Familien etwas abseits bei einer Bank. Kims Eltern und die Zwillinge stießen gerade zu ihnen.
»Dahinten sind meine Mutter und meine Schwester«, rief David. »Ich hole sie hierher.«
»Alles klar!« Kim lief zu den anderen hinüber.
»Supercoole Action!«, rief ihr Lukas entgegen.
Frau Jülich bedachte ihren Sohn mit einem strengen Blick. »Das ist nicht cool. Vielleicht sind Menschen in Gefahr!«
Kim reckte den Hals und betrachtete besorgt das Wasserschlösschen. Es gab keine Anzeichen für einen Brand. Dennoch fuhren gerade zwei Einsatzfahrzeuge der Feuerwehr mit Blaulicht vor und hielten am gegenüberliegenden Ufer des Wassergrabens. Sechs Feuerwehrleute eilten über die Steinbrücke. Vier verschwanden zusammen mit dem Hausmeister im Schlösschen, zwei postierten sich neben dem Eingang.
David stieß mit seiner Mutter und seiner kleinen Schwester zu ihnen. »Wo ist Jens-Dieter Rohloff?«, erkundigte er sich besorgt.
Marie deutete zum Schlösschen. »Er ist gerade auf einen der Feuerwehrleute zugegangen und unterhält sich mit ihm.«
»Kommt, wir gehen zu ihnen, vielleicht erfahren wir mehr.« Franzi zog Kim und Marie mit sich. Als sie den Eingang des Schlösschens fast erreicht hatten, verstummte die Alarmsirene, die bislang dumpf aus dem Gebäude erschallt war. Einer der Feuerwehrleute sprach in ein Funkgerät.

Jens-Dieter Rohloff winkte den Mädchen zu.
»So hatte ich mir das nicht vorgestellt«, sagte er, als sie bei ihm angelangt waren.
Kim nickte langsam und sah am Schlösschen hoch. »Ich sehe keine Flammen. Hoffentlich ist das nur ein Fehlalarm.«
»Das hoffe ich auch.« Rohloff rückte seine Brille zurecht. »Herr Weigand, der Hausmeister, hat gesagt, dass das bereits der dritte Einsatz am Schlösschen innerhalb einer Woche ist. Die letzten beiden Male waren es tatsächlich Fehlalarme.«
Wie auf Kommando erschien der Hausmeister im Eingang. Mit einer fahrigen Bewegung wischte er eine Strähne seiner dunklen Haare aus der Stirn und lief auf den Feuerwehrmann mit dem Funkgerät zu.
Der Mann hatte das Gespräch beendet und steckte das Gerät zurück an seinen Gürtel. »Meine Kollegen gehen gerade die letzten Räume ab. Aber sehr wahrscheinlich handelt es sich erneut um einen Falschalarm. Die Anlage muss dringend überprüft werden!«
Der Hausmeister nickte hektisch. »Das habe ich veranlasst. Am Montag kommen die Techniker.«
»Kann die Lesung fortgesetzt werden, die in der alten Bibliothek stattgefunden hat?«, wollte Rohloff wissen.
Der Feuerwehrmann zog die Augenbrauen hoch. »Wenn kein Feuerherd gefunden wurde, sollte das möglich sein.« Er räusperte sich. »Darf ich Sie und die Mädchen bitten, sich zum Sammelpunkt zurückzubegeben? Wir informieren Sie, sobald sicher ist, dass keine Gefahr besteht.«

Rohloff sah auf seine Armbanduhr. »Hoffentlich dauert das alles nicht so lange. Ich muss spätestens um Viertel vor acht weg. Wir haben Karten für die Oper.«
Das Funkgerät des Feuerwehrmanns piepte. Er meldete sich, lauschte kurz und nickte dann. »Entwarnung! Sie können den Leuten sagen, dass sie ins Gebäude zurückkehren können.«
»Hervorragend!«, rief Jens-Dieter Rohloff. »Kim, geht schon mal rein. Ich gebe dem Publikum Bescheid.«

Eine Dreiviertelstunde später strahlten Kim und David in die applaudierende Menge. Die Lesung war wie im Raumschiffflug ohne weitere Zwischenfälle verlaufen.
Rohloff ließ ein Feuerwerk an Stroboskop-Lichtern aufblitzen und drehte die Musik voll auf.
»Ich fühle mich wie auf einem anderen Stern«, rief David. Er zog Kim sanft zu sich heran. »Jetzt der Kuss?«, fragte er. »Bei dem Lärm hört garantiert keiner die Affengeräusche von deinen Brüdern.«
Kim musste lachen.
Dann hauchte sie ihrem Freund einen zarten Kuss auf die Lippen.

Finger weg von diesem Fall!

Laute Knutschgeräusche schallten Kim entgegen, als sie die Küche betrat. Ben und Lukas drängten sich mit ihren Sporttaschen an ihr vorbei. »Du hast gestern vor tausend Leuten David geküsst«, sagte Lukas laut. »Peinlich!«

»Sind wir denn im Kindergarten?«, rief Kims Mutter von der Eingangstür. »Kommt endlich.« Sie winkte Kim zu. »Hallo, mein Schatz. Du hast gleich Ruhe. Wir fahren zum Auswärtsspiel.«

Kim nickte erleichtert.

Ihre Mutter lächelte. »Eure Lesung war phänomenal.«

Ben streckte den Kopf neben ihr zur Tür herein. »Das Beste war der Feueralarm!«

Frau Jülich schob Ben energisch nach draußen und schickte Kim einen Luftkuss. »Reg dich nicht auf. Hab einen guten Tag! Papa hat Pfannkuchen gemacht.«

Die Tür fiel ins Schloss.

Kim atmete tief durch. Ihre Mutter hatte recht. Auf keinen Fall würde sie sich jetzt über die Zwillinge ärgern und sich die

Laune verderben lassen. Sie würde ausgiebig frühstücken und dann mit einem spannenden Krimi in ein duftendes Schaumbad steigen …
»Guten Morgen!«, unterbrach die Stimme ihres Vaters ihre Gedanken. »Setz dich und greif zu.«
Kim gab ihrem Vater ein Küsschen auf die Wange. »Danke!« Sie schlüpfte auf die Bank in der Sitzecke.
Herr Jülich stellte einen großen Teller mit einem Berg dampfender Pfannkuchen auf den Tisch. Ein köstlicher Duft breitete sich in der Küche aus.
»Lecker«, murmelte Kim. Sie nahm einen Pfannkuchen, bestrich ihn dick mit Himbeermarmelade und rollte ihn auf. »Ich glaube, ich brauche heute einen komplett entspannten Samstag.«
»Den hast du dir verdient«, meinte ihr Vater. »Eure Lesung hat mir sehr gut gefallen«, schwärmte er, während er seinen Pfannkuchen großzügig mit Puderzucker bestäubte. »Es hat richtig Spaß gemacht, dir und David zuzuhören.«
»Das freut mich.« Kim biss ein Stück von ihrer Pfannkuchenrolle ab, kaute und schluckte schnell. »Herr Rohloff war auch sehr zufrieden. Er meinte, dass er noch weitere Lesungen für uns organisieren kann. Super, oder?«
»Das wäre toll. Ich werde zu jeder Veranstaltung kommen!«
»Prima!«, rief Kim und nahm einen Schluck von ihrem Kakao.
Im Flur klingelte das Telefon. Herr Jülich wischte sich die Finger an seiner Küchenschürze ab und stand auf. »Das wird der

Lieferant von den Ziffernblättern aus dem Schwarzwald sein, da muss ich ran.«

Kims Vater betrieb eine Werkstatt für Kuckucksuhren. Er liebte seine Arbeit, und Kim freute sich für ihn, dass der Laden gerade richtig gut lief.

Sekunden später kehrte Herr Jülich in die Küche zurück. Er hielt Kim den Hörer hin. »Für dich. Es ist Marie.«

»Hey, guten Morgen«, erklang Maries vorwurfsvolle Stimme. »Du hast dein Handy ausgeschaltet.«

Kim runzelte die Stirn. »Wahrscheinlich ist der Akku leer.«

»Auch egal, jetzt bist du ja dran.« Marie schnappte nach Luft, dann legte sie los: »Ich habe gerade Herrn Rohloff getroffen, als ich joggen gehen wollte. Er war total aufgeregt, weil er einen Anruf von seiner Patentante bekommen hat. Halt dich fest: Letzte Nacht wurde im Wasserschlösschen eingebrochen! Wahrscheinlich sind einige Puppen aus der Ausstellung gestohlen worden. Wir müssen sofort hin.«

Kim fiel beinahe das Telefon aus der Hand. Das klang definitiv nach einem neuen Fall für ihren Detektivclub! Augenblicklich setzte das bekannte Bauchkribbeln ein.

Ihr Vater sah sie prüfend an.

Kim versuchte ein möglichst belangloses Gesicht aufzusetzen. »Ich komme gleich nach«, sagte sie mit ruhiger Stimme in den Hörer. »Tut mir leid, ich hab's einfach vergessen.«

»Ähm?«, machte Marie. Dann lachte sie leise auf. »Verstehe, dein Vater ist in der Nähe. Wir treffen uns am Schlösschen. Franzi weiß schon Bescheid.«

»Super, bis dann.« Kim drückte das Gespräch weg. Sie wuschelte sich durchs Haar. Eigentlich konnte sie Lügen auf den Tod nicht ausstehen. Aber manchmal ging es nicht anders. Sie seufzte. »Ich hab völlig vergessen, dass ich mit Marie und Franzi verabredet bin. Wir wollen uns die Puppenausstellung im Wasserschlösschen ansehen.«

Das war, zumindest was den Ort betraf, nicht gelogen.

Kim klaubte das restliche Pfannkuchenstück von ihrem Teller und schob es sich in den Mund. »Ich muss los«, nuschelte sie und umarmte ihren Vater.

»Ich wünsche euch viel Spaß – mit drei Ausrufezeichen.«

Kim stutzte. War das Zufall oder spielte ihr Vater gerade auf den Namen ihres Detektivclubs an? Ahnte er etwas?

Sie beschloss, die Bemerkung einfach zu übergehen.

»Zum Abendessen bin ich wieder da«, versprach Kim und rannte zur Garderobe im Flur.

»Bitte in einem Stück und mit Kopf dran«, rief ihr Vater ihr hinterher.

Kim sah zur Küche rein. »Keine Sorge. Es ist doch nur ... eine Ausstellung.« Sie schlüpfte in ihren Kapuzenpulli, stieg in ihre Turnschuhe und beeilte sich aus dem Haus zu kommen, bevor ihr Vater noch etwas sagen konnte.

An der Brücke, die über den Teich zum Wasserschlösschen führte, waren zwei Streifenwagen und ein Kleinbus geparkt. Der Eingangsbereich und ein Flügel des Gebäudes waren großflächig mit Flatterband abgesperrt. Zwei Polizeibeamte standen neben dem Portal. Wahrscheinlich war Kommissar Peters bereits mit seinen Leuten im Schlösschen und sicherte den Tatort.

Kim sprang vom Fahrrad und schloss es an einer Laterne ab. Marie und Franzi winkten ihr von einer Bank seitlich neben dem Schloss zu. Sie lief schnell zu ihnen.

Franzi putzte sich gerade die Nase. Erschrocken stellte Kim fest, dass ihre Freundin gerötete Augen hatte. »Hast du etwa geweint?«, fragte sie besorgt.

Franzi zerknüllte das Taschentuch in ihrer Hand. »Fast gar nicht«, sagte sie leise. »Ist schon okay.«

Marie schüttelte den Kopf. »Franzi hat sich mit Blake gestritten. Er ist mal wieder eifersüchtig.«

Kim setzte sich neben Franzi auf die Bank. »Immer noch wegen Paul?«

Paul hatte vor einiger Zeit ein Praktikum in der Tierarztpraxis von Franzis Vater gemacht und half seitdem regelmäßig aus. Franzi verstand sich mit Paul ausgesprochen gut, weil sie beide Tiere liebten und sich für Umweltschutz einsetzten. Eine Zeit lang hatte Franzi tatsächlich ein bisschen für ihn geschwärmt. Das war aber ganz schnell verflogen, als Blake endlich wieder von seinem Austauschjahr in den USA zurückgekehrt war.

»Wir waren zum Frühstücken im *Lomo* verabredet«, erzählte Franzi. »Dann kam Maries Anruf und ich habe Blake gesagt, dass ich dringend wegmuss, weil wir wahrscheinlich einen neuen Fall haben.« Franzi stopfte das Taschentuch in ihre Hosentasche. »Blake hat gefragt, ob der dringende Fall vielleicht *Paul* heißt …«

»Wie bescheuert ist das denn«, entfuhr es Kim.

Franzi zuckte mit den Schultern. »Genau das habe ich auch gesagt. Dann bin ich gegangen.« Sie wischte sich über die Augen. »Aber jetzt tut es mir leid, dass ich einfach abgehauen bin.«

Marie legte einen Arm um Franzi. »Blakes Spruch war einfach unmöglich. Du bist eben wütend gewesen.«

Franzi biss sich auf die Lippe. »Ich verstehe das nicht. Wir haben es geschafft, ein Jahr lang eine Fernbeziehung zu führen. Aber seit Blake wieder hier ist, streiten wir uns andauernd.«

»Es ist so schade, dass er seine Eifersucht einfach nicht in den Griff kriegt.« Kim schüttelte den Kopf. »Du musst unbedingt mit Blake reden.«

Franzi setzte sich kerzengerade auf und zog ihr Smartphone aus der Hosentasche. »Ich schreibe ihm und frage, ob er heute Abend Zeit hat.«

»Gute Idee«, sagte Kim. Im nächsten Moment sah sie, dass eine Gruppe von fünf Personen aus dem Schlösschen kam. Kim erkannte Kommissar Peters und Jens-Dieter Rohloff. Zwei weitere Männer und eine ältere Frau mit kurzen silbergrauen Haaren waren bei ihnen.

»Der Kommissar ist da!«, rief Kim und sprang auf.

Franzi sah kurz auf und tippte dann schnell weiter. »Geht schon mal vor, ich komme gleich nach.«

Als sich Kim und Marie dem Schlösschen näherten, löste sich die Gruppe gerade auf. Ein dunkelhaariger, vielleicht vierzigjähriger Mann blieb auf der Treppe zum Eingang stehen und begann zu telefonieren. Der Kommissar lief mit einem hochgewachsenen blonden Mann in Jeans und Rollkragenpulli zum Nordflügel des Schlösschens und deutete zum Erdgeschoss.
Kim sah ein offen stehendes Fenster. Der Täter oder die Täter mussten hier ins Schlösschen eingestiegen sein.
»Der Mann im Rollkragenpulli ist der neue Geschäftsführer vom Wasserschlösschen«, sagte Marie. »Ich habe sein Bild neulich in der Zeitung gesehen.«
Jens-Dieter Rohloff kam ihnen mit der alten Dame entgegen. Er musste die Frau stützen. Sie war sehr blass und zitterte leicht. Rohloff begrüßte die Mädchen mit ernstem Gesicht. »Es ist sehr nett, Marie, dass ihr gleich gekommen seid. Es hat sich leider bestätigt: Fünf antike Puppen, die meiner Patentante Elvira gehören, sind gestohlen worden.«
»Fürchterlich«, flüsterte die alte Dame. Ihre Augenlider flatterten. »All die Verwüstung. Und dann auch noch ausgerechnet *Coppelia.*« Ihre Stimme erstarb und sie atmete schwer.
Franzi stieß zu ihnen. Sie tauschte einen betroffenen Blick mit Kim und Marie.
Rohloff nickte langsam. »Es ist furchtbar. *Coppelia* ist Elviras Lieblingspuppe. Sie hängt ungeheuer an ihr.« Er fasste seine Patentante unter dem Arm. »Ich bringe dich jetzt nach Hause und mache uns einen guten Kräutertee. Du musst erst mal zur Ruhe kommen.«

Der dunkelhaarige Mann trat zu ihnen. »Es tut mir so leid, Elvira«, sagte er mit rauer Stimme. Er strich der alten Dame unbeholfen über die Schulter. »Ich muss mich verabschieden. Kannst du den Puppenworkshop am Montagnachmittag denn abhalten? Ich könnte ihn übernehmen.«

Elvira Reumann schüttelte den Kopf. »Danke, aber ich mache das. Die Arbeit an den Puppen, der Austausch mit dir, Anita, den anderen. All das gibt mir Halt.«

»Das ist schön.« Der Mann winkte in die Runde und entfernte sich mit großen Schritten in Richtung der Brücke.

»Wer ist das denn?«, erkundigte sich Kim.

Jens-Dieter Rohloff antwortete für seine erschöpfte Patentante: »Das ist Thomas. Er ist Sammler und hat, wie Elvira, seine Puppen für die Ausstellung zur Verfügung gestellt. Der Geschäftsführer des Wasserschlösschens hat ihn heute Morgen hergebeten, weil zunächst nicht klar war, welche Exponate genau gestohlen wurden. Es gibt noch eine weitere Sammlerin, die einige ihrer Puppen beigesteuert hat. Ihr wurde eine Nachricht hinterlassen. Anita ist aber bislang nicht erschienen.« Rohloff seufzte. »Das ist jetzt auch nicht mehr nötig. Der Abgleich mit dem Ausstellungs-Katalog hat gezeigt, dass die fünf gestohlenen Puppen alle aus Elviras Sammlung stammen.« Der Schriftsteller zögerte und sah die Mädchen ernst an. »Ich glaube, dass es besser ist, wenn ihr diesen Fall der Polizei überlasst.«

»Warum?«, rief Kim entrüstet. »Sie wissen, dass wir erfahrene Detektivinnen sind. Wir haben schon weit über achtzig Fälle gelöst!«

»Ich möchte aber nicht, dass ihr euch in Gefahr bringt.« Rohloff schüttelte den Kopf. »Die Täter haben eine ziemliche Verwüstung in der Ausstellung angerichtet. Sie könnten gefährlich sein.«
Kim fiel die Puppe mit den schönen blauen Augen ein. »Sind denn auch Puppen kaputt gemacht worden?«, erkundigte sie sich besorgt.
»So, wie es auf den ersten Blick aussieht: nein. Aber das muss noch überprüft werden.« Rohloff sah die drei !!! nachdenklich an. »Ich bin wirklich sehr dankbar für eure Hilfsbereitschaft. Aber ich kann es nicht verantworten, dass …«
»Bitte«, unterbrach ihn Marie. »Überlegen Sie es sich noch einmal in Ruhe. Am besten, wir melden uns später bei Ihnen.«
Rohloff nickte schwach. Er sah seine Patentante an. »Schaffst du es bis zum Parkplatz oder soll ich das Auto herholen?«
Die alte Dame schüttelte unmerklich den Kopf. »Ist schon gut, Je-Di. Ein paar Schritte an der frischen Luft tun mir gut.«
Die beiden verabschiedeten sich und liefen langsam zur Brücke.
»Hat sie ihn *Jedi* genannt?«, fragte Kim verwundert. »Wie die Ritter aus *Krieg der Sterne*?«
»Warum nicht?« Marie hatte sichtlich Mühe, ernst zu bleiben. »Das passt doch gut zu einem Fantasy-Autor.«
»Ihr seid albern.« Franzi schüttelte den Kopf. »*Je-Di* ist einfach eine Abkürzung für Jens-Dieter. Und jetzt lasst uns zum Kommissar gehen. Vielleicht kriegen wir etwas aus ihm raus.«

Peters unterhielt sich gerade mit dem Geschäftsführer und wandte ihnen den Rücken zu. Der Mann wirkte sehr betroffen, unentwegt schüttelte er den Kopf. »Unser Hausmeister, Herr Weigand, ist am Boden zerstört. Er hat gestern den Feueralarm nach mehreren Fehlfunktionen deaktiviert. Nun hat er den Verdacht, dass sich dabei auch der Einbruchsalarm ausgeschaltet hat und die Diebe daher unbemerkt ins Schlösschen gelangen konnten.« Der Geschäftsführer fasste sich an die Stirn. »Die Firma, die die Anlage eingebaut hat, kann erst am Montag die Techniker zur Überprüfung schicken. Herr Weigand wollte einen weiteren Fehlalarm am Wochenende vermeiden. Es ist tragisch, dass …« Der Mann bemerkte die Mädchen hinter Peters. Fragend zog er die Augenbrauen hoch. »Kann man euch helfen?«

Der Kommissar sah sich erstaunt um. Augenblicklich stieß er einen tiefen Seufzer aus. »Die drei !!!. Einen schönen guten Tag! Ich nehme an, dass eure Anwesenheit kein Zufall ist. Auch wenn mir schleierhaft ist, wie ihr so schnell von diesem Vorfall erfahren habt.«

Der Geschäftsführer machte ein erstauntes Gesicht.

»Wir haben viele verschiedene Informationsquellen«, antwortete Marie selbstbewusst. »Heute war es ein persönlicher Kontakt.«

»Wie auch immer«, brummte der Kommissar. »Ihr wisst, dass ich große Stücke auf euch halte und gerne mit euch zusammenarbeite. Aber bei diesem Verbrechen möchte ich auf keinen Fall, dass ihr euch einmischt!«

»Aber …«, setzte Marie an.
»Keine Widerrede«, fuhr der Kommissar dazwischen. »Nur so viel: Nach der ersten Auswertung der Spurenlage können wir davon ausgehen, dass es sich um zwei Täter handelt. Sie sind mit großer Zerstörungswut vorgegangen. Daher gilt für euch: Finger weg von diesem Fall! Einen schönen Tag!« Peters wandte sich wieder dem Geschäftsführer zu. »Ich würde gerne mit Ihrem Hausmeister sprechen.«
Der Mann nickte. »Er ist im Technikraum. Für Herrn Weigand lege ich übrigens meine Hand ins Feuer. Er ist ein überaus zuverlässiger Mitarbeiter.«
Die beiden Männer wandten sich ab und verschwanden im Schlösschen.
»Ich fasse es nicht!«, rief Franzi. »Der Kommissar lässt uns einfach stehen.«
Marie zuckte mit den Schultern. »Dann machen wir uns eben selbst ein Bild vom Tatort.«
»Wie willst du das anstellen?«, fragte Kim. »Im Schloss laufen überall Mitarbeiter der Polizei herum. Die lassen uns nie im Leben einfach in den roten Salon reinmarschieren.«
»Ich habe eine Idee«, flüsterte Marie. »Lasst uns erst mal aus dem Blickfeld hier verschwinden. Dann erklär ich's euch.«
Kim und Franzi folgten Marie, die in Richtung der Steinbrücke schlenderte und hinter dem Stamm einer mächtigen Eiche verschwand. Gespannt sahen sie Marie an.

Eine gruselige Spur

Marie beugte sich über das Absperrband und winkte dem Polizisten. »Entschuldigung«, sagte sie leise. »Ich müsste dringend auf die Toilette.«
Der Beamte machte einen Schritt auf Marie zu. »Wie bitte?«
Kims Herz klopfte wie verrückt. »Jetzt«, zischte sie Franzi zu und trat aus dem Schatten der Säule, hinter der sie sich postiert hatten, hervor. Blitzschnell huschten sie durch den Eingang und drückten sich an die Wand.
Kim hielt die Luft an.
»Ich kann dich hier nicht reinlassen«, hörte sie den Polizisten sagen. »Am Osteingang des Parks gibt es öffentliche Toiletten.«
»Ach so, okay«, war Maries Stimme zu vernehmen.
Leise atmete Kim aus. Das Ablenkungsmanöver hatte funktioniert, der Beamte hatte nicht bemerkt, dass Franzi und sie hinter seinem Rücken ins Gebäude gelangt waren.
Aus dem oberen Stockwerk drangen Stimmen zu ihnen.
Nervös sah sich Kim um. Hier unten schien niemand zu sein.

Der kleine Auskunftstresen war nicht besetzt. Das konnte sich aber jederzeit ändern. Sie zog Franzi mit sich. Leise schlichen sie am Aufgang der breiten Haupttreppe vorbei.
Kims Herz pochte immer noch heftig. Wenn alles gut ging, würden sie in wenigen Minuten völlig unbemerkt bis zum roten Salon gelangen. Und zwar durch die Botengänge des Schlösschens! Das waren schmale Treppen und Gänge, die hinter den Wänden verliefen und zu versteckten Türen in den verschiedenen Salons führten. Früher waren sie vom Dienstpersonal des Schlossherrn genutzt worden, um schnell und unauffällig in die Räumlichkeiten zu gelangen.
Die Detektivinnen hatten die Gänge und die getarnten Tapetentüren schon vor längerer Zeit während der Ermittlungen für einen Fall kennengelernt. Wie gut, dass Marie sich im richtigen Augenblick daran erinnert hatte.
Ein Zugang zu den Botengängen lag in einem der ehemaligen Wirtschafträume, der jetzt als Abstelllager benutzt wurde.
Franzi und Kim zwängten sich zwischen staubigen Kartons hindurch und liefen zu einem großen Wandspiegel. Als Kim an seinem breiten Rahmen zog, schwang er knarrend auf.
Franzi leuchtete mit ihrem Handy in den dahinter liegenden Gang. »Am besten, ich gehe vor!«, rief sie und eilte zu der schmalen Treppe, die nach oben führte.
Kurze Zeit später hatten sie den zweiten Stock erreicht. Sie liefen an mehreren schmalen Türen vorbei. Dann blieb Franzi stehen. »Die hier müsste in den roten Salon führen«, flüsterte sie und drehte vorsichtig den Türknauf.

Kim wischte sich eine Schweißperle von der Stirn. Enge Räume waren für sie eine Herausforderung. Noch vor kurzer Zeit hatte sie in ihnen regelrechte Panikanfälle bekommen. Mittlerweile reagierte sie nicht mehr so stark, fühlte sich aber ausgesprochen unwohl, wenn es wenig Platz um sie herum gab.
Franzi sah sie besorgt an. »Geht's?«
Kim nickte tapfer.
Franzi drückte die Tür einen Spalt weit auf.
Vorsichtig lugten sie in den Raum.
Kim riss die Augen auf. Sie waren tatsächlich beim roten Salon mit der Puppenausstellung gelandet. Allerdings hatte sich seit Freitag einiges verändert. Die große Standuhr, die sich an der Wand zwischen zwei Fenstern befunden hatte, war umgekippt. Auf dem Boden lagen jede Menge Scherben, die von der zerborstenen Glasabdeckung des Ziffernblattes stammten. Ein Mitarbeiter der Spurensicherung machte gerade ein Foto davon. Der Mann im weißen Overall lief vorsichtig weiter. Er stieg über eine bronzene Vorhangstange, die offensichtlich herabgerissen worden war, und machte weitere Fotos. Ein roter Samtvorhang bedeckte den Boden neben einer Vitrine.
Die Türen von drei Glasschränken standen offen. Eine weitere Vitrine war verschoben worden, mehrere Puppen darin lagen umgekippt auf den Glasböden. Ein kleiner Matrose mit braunen Kulleraugen und blondem Haar lehnte mit ausgestreckten Armen an der Scheibe. Es sah aus, als versuchte er verzweifelt einem Ort zu entkommen, an dem etwas Schlimmes passiert war.

»Ich bin gleich durch!«, rief der Mann mit der Kamera. »Wie sieht es bei euch aus?«
»Ich bin mit den Fingerabdrücken fertig«, sagte eine Frau.
Kim sah eine Gestalt, ebenfalls im weißen Overall, die hinter einer der Vitrinen kniete und einen Alu-Koffer zuschnappen ließ.
»Die Probe von der Blutspur ist gesichert«, rief eine dritte Stimme.
Franzi sah Kim erschrocken an. »Blut?!«, flüsterte sie.
»Wenn Täter ihre DNA so auffällig hinterlassen, ist das wirklich schön«, sagte der Mann mit der Kamera. »Es sieht nur nicht schön aus.«
»Das ist wohl wahr. Ich möchte wissen, was das Ganze soll.«
»Darum wird sich der Kommissar kümmern. Also, ich packe es jetzt mal!«
Angespannt warteten Kim und Franzi, bis das Team der Spurensicherung seine Ausrüstung verstaut hatte und endlich den Raum verließ.
Sie lauschten einige Sekunden.
»Ich glaube, wir können«, flüsterte Franzi und schlüpfte durch die Tür. Vorsichtig machte sie einige Schritte in den Raum hinein.
Kim blickte zur links gelegenen Wand, die sie von ihrem Versteck aus nicht hatten sehen können. Sie erstarrte. Auf der weiß getünchten Fläche war eine Spur in Form eines kleinen Bogens zu sehen. Er war handtellergroß und blutrot.
»Wie gruselig«, flüsterte Kim. »Was ist hier passiert?«

»Darüber will ich im Moment lieber nicht nachdenken.« Franzi räusperte sich. »Lass uns schnell Fotos machen und dann raus hier.«
Kim zog mit zitternden Fingern ihr Handy hervor und fotografierte die blutige Spur. Vorsichtig lief sie weiter, um noch mehr Details des Tatorts zu dokumentieren.
Franzi blieb vor einer der aufgebrochenen Vitrinen stehen. »Die Puppe mit den Elfenaugen ist weg«, stellte sie fest.
»Diese Verbrecher«, murmelte Kim. Sie schluckte schwer.
Die Puppen in den Vitrinen starrten sie aus ihren unergründlichen Augen an. Kim hatte das Gefühl, als würde ihr eine unsichtbare kalte Hand über den Rücken streichen. Sie bekam eine Gänsehaut.
Doch dann schüttelte sie den Kopf. Man musste es ganz vernünftig betrachten: Hier konnte ihnen nichts passieren. Der Kommissar und jede Menge Polizisten waren in ihrer Nähe, die Täter längst nicht mehr da.
Dennoch fühlte sich Kims Kehle wie zugeschnürt an. Keine Sekunde länger als nötig wollte sie an diesem Ort bleiben.

Erleichtert schlüpften Franzi und Kim eine Viertelstunde später durch eine Tür im hinteren Teil des Schlösschens nach draußen. Die Anspannung fiel schnell von Kim ab, als sie die warmen Strahlen der Spätsommer-Sonne auf ihren Armen spürte. Sie achtete darauf, dass die Tür wirklich zugefallen und von außen nicht mehr zu öffnen war. Sie wollten schließlich keine weiteren Diebe anlocken.

»Gut, dass du dich an die Fluchttür erinnert hast«, meinte Franzi, während sie zum Treffpunkt liefen, den sie mit Marie vereinbart hatten. »Sonst hätten wir uns noch mal an dem Polizisten vorbeimogeln müssen. Ich weiß nicht, ob das gut gegangen wäre.«

Kim nickte stumm. Der Kommissar wäre überhaupt nicht begeistert von der Aktion, die sie gerade durchgezogen hatten. Sie bekam ein richtig schlechtes Gewissen.

Franzi schlug ihr auf die Schulter. »Du machst dir jetzt hoffentlich keine Gedanken?«

»Doch.« Kim winkte Marie, die vor dem Pavillon beim Eingang zum Jakobipark wartete. »Aber es ging eben nicht anders.«

»Genau!« Franzi beschleunigte ihre Schritte.

»Hat alles geklappt?«, begrüßte Marie sie.

»Ja.« Kim setzte sich neben Marie auf den Rand eines großen Blumenkastens. »Es war ziemlich gruselig.«

Sie zeigte Marie die Fotos vom Tatort.

»Das sieht heftig aus«, stellte Marie fest. »Der Kommissar hat nicht übertrieben.« Sie starrte auf das Bild von der Blutspur an der Wand. »Haben die Täter eine Botschaft hinterlassen?«

»Wie meinst du das?«, fragte Kim verwirrt.

»Das sieht aus, als hätte jemand mit Blut den Buchstaben C an die Wand gemalt!«

Kim kniff die Augen zusammen. »Auf die Idee bin ich gar nicht gekommen. Aber du hast recht. Es könnte ein C sein.«

»Was soll das bedeuten?« Franzi sah ihre Freundinnen unsicher an.
»*Coppelia*«, flüsterte Marie.
Kim brauchte einen Moment, um zu verstehen. Dann fiel der Groschen. »Du meinst, das C weist auf die Lieblingspuppe von Elvira Reumann hin?«
Marie nickte stumm.
»Aber warum sollte das jemand machen?« Kim runzelte die Stirn.
Marie seufzte. »Ich weiß es doch auch nicht.« Sie sprang auf. »Wir müssen mit Elvira Reumann sprechen.«
Kim zog ihr Handy hervor. »Ich rufe Jens-Dieter Rohloff an und frage ihn nach ihrer Adresse.«
Marie hielt ihr Smartphone hoch. »Die habe ich schon rausgefunden, während ihr am Tatort wart. Kommt!«
»Das nenne ich Team-Arbeit!«, rief Franzi. »Nichts wie los.«

Magischer Blick

Elvira Reumann wohnte in einem zweistöckigen, lang gezogenen Backsteingebäude dessen Sprossenfenster mit bunt bepflanzten Blumenkästen geschmückt waren. Es befand sich im Hinterhof eines der großen Altbau-Mehrfamilienhäuser in der Oststadt.

Die Detektivinnen schoben ihre Räder durch die efeuüberwucherte Einfahrt.

»Vielleicht hätten wir Herrn Rohloff anrufen und fragen sollen, ob ein Besuch bei seiner Patentante jetzt schon passt.« Kim schloss ihr Rad ab. »Er wollte ja gar nicht, dass wir ermitteln.«

Marie ließ den Fahrradschlüssel in ihre Beuteltasche fallen. »Genau deshalb ist ein Überraschungsbesuch viel besser. Wenn wir schon mal vor der Tür stehen, wird er uns bestimmt nicht wegschicken.«

»Stimmt auch wieder«, sagte Kim und lief auf das Häuschen zu.

Über der Eingangstür war ein großes Schild angebracht. Da-

rauf war in goldenen Buchstaben der Schriftzug *Elviras Puppenwerkstatt und -klinik* aufgemalt.
Kim wollte gerade an der altmodischen Klingelschnur neben dem Eingang ziehen, da wurde die Tür aufgerissen. Sie stolperte einige Schritte zurück.
Eine junge Frau in einem bunt gemusterten Folklorekleid und braunen Stiefeln kam ihr schwungvoll entgegen. Es gelang ihr in letzter Sekunde, einen Zusammenstoß mit Kim zu vermeiden.
»Himmel! Hast du mich erschreckt!« Das Mädchen strich sich eine Strähne ihrer halblangen blonden Haare aus der Stirn.
Ein Junge mit rotbraunen kurzen Haaren und einer Menge Sommersprossen im Gesicht tauchte hinter dem Mädchen auf. »Was ist denn los?« Er sah die drei !!! erstaunt an.
Kim lächelte den Jungen an. »Entschuldigung, wir wollen zu Elvira Reumann.«
Der Junge nickte. »Da seid ihr hier richtig. Aber ich fürchte, bei meiner Oma passt es gerade gar nicht. Kommt in ein paar Tagen noch mal.« Er zog die Tür zu und lief zu einem Lastenfahrrad, das neben dem Haus stand.
Die junge Frau sah Kim bedauernd an. »Ich verstehe es total, dass man sofort Hilfe braucht, wenn der geliebten Puppe etwas zugestoßen ist. Aber ich habe jetzt leider auch keine Zeit.« Sie winkte den Mädchen zu und folgte dem Jungen, der gerade das Lastenfahrrad zur Ausfahrt schob.
Am Tor drehte sich das Mädchen noch einmal am. »Bring deinen Schatz doch nächste Woche zu uns!«

Kim sah den beiden sprachlos hinterher.
»Was war das jetzt?«, murmelte Franzi.
»Wahrscheinlich hat sie gedacht, dass Kim eine Patientin für die Puppenklinik dabeihat«, sagte Marie. Zielstrebig griff sie nach der Klingelschnur und zog daran.
Einige Sekunden später öffnete Jens-Dieter Rohloff die Tür.
»Das habe ich mir gedacht«, sagte er und seufzte. »Kommt herein.«
Sie folgten dem Schriftsteller in einen breiten Flur mit glänzenden Holzdielen, auf die das hereinfallende Sonnenlicht honigfarbene Kringel zeichnete.
»Es hätte mich gewundert, wenn ihr lockerlassen würdet.« Rohloff wies zu einer Tür auf der rechten Flurseite. »Meine Patentante ist im Esszimmer. Sie hat sich ein wenig erholt. Dennoch sitzt der Schock tief.«
Der Raum, den sie betraten, hatte bodentiefe Fenster und wurde von einem langen Tisch und acht Stühlen aus dunklem Mahagoniholz dominiert.
Elvira Reumann saß am Kopfende und blätterte gedankenverloren in einem Hefter. Ihre Hand krampfte sich um ein zerknülltes Taschentuch.
Intensiver Pfefferminz-Duft entströmte einer bauchigen Glaskanne, die auf einem Stövchen vor ihr stand.
»Elvira, du hast Besuch.«
Die Frau hob den Kopf. »Die drei Mädchen, die vorhin beim Schloss waren! Jens-Dieter hat mir von euch erzählt. Ihr seid wirklich Detektivinnen?«

»Ja!«, rief Marie und lief auf Elvira Reumann zu. Sie zog das silberne Etui hervor, in dem sie die Visitenkarten ihres Clubs aufbewahrte. »Wir möchten Ihnen helfen!«
»Dabei werden wir äußerst vorsichtig vorgehen«, fügte Kim hinzu und sah Jens-Dieter Rohloff ernst an.
Der Schriftsteller runzelte die Stirn. »Darauf muss ich wohl vertrauen.«
Marie reichte Elvira Reumann eine Visitenkarte.
Erstaunt nahm die alte Dame sie an sich und las.

»Wir werden die Täter und die Puppen finden!«, versprach Kim mit fester Stimme.
Elvira Reumann schob sich die Brille ins Haar und tupfte mit einem Taschentuch über ihre Augen. »Ich wünsche mir nichts sehnlicher, als meine Schätze wiederzubekommen!«
»Dürfen wir uns setzen?«, fragte Kim.
Elvira Reumann zuckte zusammen. »Selbstverständlich, wie unhöflich von mir. Bitte nehmt Platz. Möchtet ihr Tee?«

»Gerne«, sagte Kim.
»Ich hole drei Tassen«, sagte Rohloff und eilte hinaus.
Die Detektivinnen setzten sich zu Elvira Reumann.
»Können wir Ihnen ein paar Fragen stellen?«, erkundigte sich Kim vorsichtig.
»Natürlich.« Die alte Dame nickte. »Es geht mir schon besser. Jens-Dieter, mein Enkel und meine Auszubildende haben sich um mich gekümmert. Ich bin so froh, dass Torben und Leonie bei mir wohnen.«
»Ich glaube, wir sind ihnen gerade an der Tür begegnet«, sagte Marie.
»Sie mussten dringend weg. Sie sind zum Aufräumen nach der langen Kinonacht eingeteilt, die gestern im Kulturzentrum stattgefunden hat. Torben ist im Organisationsteam und Leonie hilft ihm.« Elvira Reumann setzte ihre Brille wieder auf. »Aber sie haben versprochen, bald wiederzukommen und dann für mich zu kochen. Ist das nicht lieb?«
»Das ist wirklich sehr nett«, sagte Marie.
»Und dabei sind sie beide vollkommen übermüdet. Sie waren von gestern Abend bis heute Morgen drei Uhr bei den Filmvorführungen.« Elvira Reumann nickte schwach. »Diese Energie hätte ich nicht mehr.«
Kim betrachtete den aufgeschlagenen Hefter auf dem Tisch. Ein Foto von einem Puppen-Paar war zu sehen. Es waren Zwillingsmädchen mit blonden Zöpfen. Sie trugen identische, reich verzierte Kleider aus weißem, glänzendem Stoff und hielten kleine silberne Blumenkörbe in den Händen.

Kim erinnerte sich daran, das Pärchen am Freitag in der Ausstellung gesehen zu haben. »Haben Sie von allen Puppen, die in die Ausstellung gekommen sind, Fotos gemacht?«, fragte sie.
»Das wurde von der Geschäftsführung des Wasserschlösschens veranlasst«, antwortete Elvira Reumann. »Alle Puppen wurden für die Versicherung dokumentiert. Wir, also Thomas, Anita und ich, haben Kopien der Unterlagen bekommen.«
Jens-Dieter Rohloff kam mit drei Bechern zurück und goss Tee ein. Er setzte sich ebenfalls an den Tisch. »Die Versicherung wird übrigens nicht zahlen, wenn sich der Verdacht bestätigen sollte, dass der Hausmeister versehentlich die Alarmanlage abgestellt hat.« Rohloff strich seiner Patentante über den Handrücken. »Aber du brauchst dir keine Sorgen zu machen. Die Stadtkasse wird die Schadensregulierung übernehmen. Der Geschäftsführer hat vorhin gesagt, dass er dafür bürgt, dass du das Geld erhältst.«
»Geld?« Augenblicklich schossen Elvira Reumann Tränen in die Augen. Sie schluchzte auf. »Ich will meine Puppen wiederhaben! Sie sind unersetzlich und mit keinem Geld der Welt aufzuwiegen!«
Der Schriftsteller legte einen Arm um seine Patentante. »Reg dich bitte nicht auf«, sagte er leise.
Marie räusperte sich. »Sollen wir lieber ein anderes Mal wiederkommen?«
»Nein. Bitte bleibt.« Elvira Reumann tupfte sich über die Augen. »Es geht schon.«
»Gut«, sagte Kim leise. Sie tippte auf den Hefter mit den Ko-

pien. »Zeigen Sie uns bitte die Puppen, die gestohlen worden sind? Ich möchte die Bilder für unsere Ermittlungen abfotografieren.«

Die alte Dame strich vorsichtig über die aufgeschlagene Seite. »Hier. Die Zwillinge. Ich habe sie vor über zwanzig Jahren von einem befreundeten Sammler gekauft.« Elvira Reumanns Blick ging in die Ferne. »Sie wurden Ende 1850 in London hergestellt. Ihre Zöpfe sind aus echtem Alpaka-Haar.« Ein schmerzliches Lächeln huschte über das Gesicht der alten Dame. »Wenn ihr genau hinseht, erkennt ihr, dass es ganz feine Unterschiede in den Gesichtern gibt. *Lillys* Augenbrauen sind feiner, dafür hat *Anna* mehr Sommersprossen. Das Kinngrübchen ist bei ihr auch stärker ausgeprägt. Sie ist viel energischer als ihre Schwester.«

Kim schüttelte leicht den Kopf. Es war merkwürdig, wie Elvira Reumann über die Puppen sprach. Als seien es lebendige Wesen. Dann aber erinnerte sie sich daran, wie es ihr selbst beim Betrachten der Puppe mit den magischen blauen Augen ergangen war. Der Blick war ihr so unglaublich lebendig vorgekommen.

Maries Stimme riss Kim aus ihren Gedanken: »Soll ich fotografieren?«

Kim schüttelte den Kopf und beeilte sich, ein Foto von der Seite zu machen.

Elvira Reumann blätterte einige Seiten weiter und hielt inne. »Meine *Coppelia*«, flüsterte sie. »Geraubt, verschwunden, ich kann es nicht fassen.«

Kims Herz zog sich zusammen. Die langen rotblonden Haare, das blasse Gesicht, die kobaltblauen Augen. Das Foto zeigte die Puppe mit dem magischen Silberblick.

»Sie ist wunderschön«, hauchte Marie. »Wir haben sie schon am Freitag bewundert.«

Elvira Reumann sah die Mädchen fragend an.

»Wir hatten im Wasserschlösschen zu tun und sind an der Ausstellung vorbeigekommen«, erklärte Kim. »*Coppelia* ist wirklich etwas ganz Besonderes.«

Frau Reumann nickte. »Sie wurde 1880 von einem französischen Künstler entworfen. Ich habe sie vor über vierzig Jahren im Schaufenster eines Antiquitätenladens gesehen und mich sofort in sie verliebt.« Elvira Reumann griff mit zitternder Hand zu ihrer Tasse. »*Coppelia* ist eigentlich ein sogenanntes Fehlerexemplar. Ihre Augen wurden in einem zu engen Winkel eingesetzt und der Künstler, der sie entworfen hat, wollte nicht, dass sie verkauft wird. Irgendwie ist sie aber dennoch in den Handel gekommen.« Frau Reumann nahm einen Schluck Tee. »Und dann hat das Schicksal sie zu mir geführt. So viele Jahre hat mich *Coppelia* mit ihrem Blick verzaubert.«

Franzi zupfte nervös an einem ihrer kurzen roten Zöpfe. »Frau Reumann, haben Sie im Ausstellungsraum diese Spur an der Wand gesehen?«

Die alte Dame stellte die Tasse zurück auf den Tisch. »Erinnere mich bitte nicht daran«, murmelte sie. »Was sind das für schreckliche Menschen, die so etwas machen?« Sie seufzte. »Lasst mich lieber von *Coppelia* erzählen.«

»Machen Sie das bitte«, antwortete Franzi mit rauer Stimme. »Diese Spur sieht nämlich aus, als hätten die Täter den Buchstaben C an die Wand gewischt. Könnte das ein Hinweis auf *Coppelia* sein? Ist das ein Zeichen? Und wenn ja, warum?«

»Wie bitte?« Elvira Reumann sah Franzi erschrocken an. »Ich verstehe nicht. Ein blutiges C für meine *Coppelia*?« Die alte Dame fasste sich mit zitternder Hand an die Stirn. »Das ist absurd.«

Jens-Dieter Rohloff räusperte sich. »Das ist jetzt gerade sehr viel für dich, Elvira. Möchtest du dich lieber hinlegen?«

»Ich glaube ja.« Die alte Dame stützte sich an der Tischkante ab und erhob sich langsam. »Es tut mir leid. Ich schaffe das heute nicht mehr.«

Kim nickte. »Das ist verständlich. Bitte ruhen Sie sich gut aus. Wir melden uns in den nächsten Tagen wieder.«

»Ich bringe dich ins Wohnzimmer zum Sofa.« Rohloff half seiner Patentante zur Tür.

»Je-Di«, ächzte Frau Reumann. »Bitte zeig den Mädchen noch die Fotos der beiden anderen Puppen, *Karl* und die *Feine Dame*.«

»Das mache ich gleich«, versprach Rohloff.

»Gute Besserung«, rief Franzi leise. Sie sah Kim und Marie geknickt an. »Ich hätte besser nicht nach der Spur an der Wand fragen sollen, oder?«

»Das ist ein wichtiges Detail, das uns interessiert.« Marie räusperte sich. »Man hätte es nur etwas vorsichtiger ansprechen können.«

Jens-Dieter Rohloff kehrte ins Esszimmer zurück. Er setzte sich neben Kim und griff nach dem Hefter. »So aufgelöst habe ich Elvira noch nie erlebt«, murmelte er. »Die Puppen sind ihr Leben. Das ist wirklich nicht leicht für sie.« Er schlug den Hefter auf. »Ich zeige euch noch die beiden anderen Exemplare.«

Kim fotografierte die Seiten ab. *Karl* war eine antike Babypuppe mit rosigen Pausbacken und hellblauen Schlafaugen, bei der *Feinen Dame* handelte es sich um eine Porzellanpuppe mit erwachsenen Gesichtszügen, hochgestecktem schwarzen Haar und einer aufwendig gestalteten Robe.

Die Detektivinnen betrachteten die Fotos auf Kims Handy.

»Zwillingsmädchen, *Coppelia* mit dem Silberblick, ein Baby und eine feine Dame«, zählte Kim auf. »Warum haben die Diebe genau diese fünf Puppen mitgenommen?«

»Du denkst, dass die Täter sie gezielt ausgewählt haben?« Marie runzelte die Stirn.

»Ich weiß, was Kim meint«, sagte Franzi. »Wenn die Täter nur irgendwelche Puppen hätten stehlen wollen, hätten sie einfach einen einzigen Glasschrank geknackt und zugegriffen. Kim und ich haben am Tatort aber drei aufgebrochene Vitrinen gesehen. Es sieht so aus, als hätten sich die Täter die fünf Puppen gezielt aus den verschiedenen Schränken herausgeholt.«

»Genau.« Kim griff nach dem Hefter. »Es könnte natürlich auch sein, dass die Täter einfach wahllos gewütet haben.« Sie begann, in den Unterlagen zu blättern. »Trotzdem sollten wir uns die Details aller Puppen genau ansehen. Alle stammen aus der Sammlung von Elvira Reumann. Gibt es vielleicht noch eine weitere Gemeinsamkeit?«

Nur ein Holzweg?

Detektivtagebuch von Kim Jülich
Samstag, 17:46 Uhr

Wir haben einen neuen Fall!!!
Letzte Woche wurde im Wasserschlösschen eingebrochen. Die Täter haben fünf antike Puppen aus der Ausstellung gestohlen! Obendrein haben sie eine schlimme Verwüstung angerichtet. Die Tatzeit muss um 23:15 Uhr herum liegen. Das kann man aus den stehen gebliebenen Zeigern einer umgefallenen Standuhr schließen.
Die Puppen-Besitzerin, Elvira Reumann, steht unter Schock. Wir müssen alles daransetzen, ihre Puppen wiederzufinden! Und die Diebe dingfest zu machen, logisch.
Mir schwirrt der Kopf vor lauter Fragen. Am liebsten hätte ich gleich nach unserem Besuch bei Elvira Reumann eine Detektivbesprechung abgehalten. Aber Marie und Franzi sind mit ihren Freunden verabredet. Besonders Franzi wollte Blake nicht schon wieder versetzen. Das kann ich absolut verstehen.
Morgen Nachmittag treffen wir uns im Pferdeschuppen, um zu klären, wie wir weiter vorgehen.
Gestern haben wir uns noch die Unterlagen zu allen Puppen in der Ausstellung genau angesehen. Dabei ist uns bei den fünf, die gestohlen wurden, eine Gemeinsamkeit

aufgefallen: Sie haben die höchsten Schätzwerte von allen Puppen in Elvira Reumanns Sammlung. Die Diebe scheinen sich also auszukennen.
Ich war überrascht, dass alte Puppen richtig teuer sein können. Jens-Dieter Rohloff hat erzählt, dass besonders die sehr gut erhaltenen Exemplare oder solche, von denen es nur noch wenige auf der Welt gibt, hohe Preise bei Sammler-Auktionen erzielen können. Vor einigen Jahrzehnten hat es mal einen richtigen Boom gegeben. Der hat mittlerweile nachgelassen, aber es gibt immer noch Puppen, für die Sammler sehr viel Geld zahlen.
Unter den Puppen in der Ausstellung, die von zwei anderen Sammlern (Anita und Thomas) stammen, sind ebenfalls ein paar mit hohen Schätzwerten.
Warum sind dann ausschließlich Puppen von Elvira Reumann gestohlen worden? Ist das Zufall – oder Absicht? Eins ist klar: Frau Reumann liebt ihre Puppen über alles. Dass einige ihrer Schätze geraubt worden sind, bricht ihr fast das Herz. Ist das beabsichtigt gewesen? Hat die alte Dame Feinde? Will sie jemand fertigmachen? Sie sabotieren? Sich an ihr rächen?
Wir fragen uns, warum die Täter obendrein solch ein Chaos angerichtet haben. Hat das gruselige blutige C an der Wand eine Bedeutung? Soll es etwa auf die Puppe namens *Coppelia* hinweisen? Wozu? Was steckt dahinter?
Fragen über Fragen. Wir haben viel Arbeit vor uns!!!

Liste der gestohlenen Puppen

Coppelia (Lieblingspuppe von Elvira Reumann)
Um 1880 in Paris von einem Künstler entworfen und in kleiner Auflage produziert. Kopf, Beine, Arme aus Porzellan, handbemalt. Körper: Pappmaschee. Kobaltblaue Augen aus Kristallglas, fehlerhaft eingesetzt.
Schätzwert: 6.800 Euro

Zwillingspaar *Lilly & Anna*
1850 in London entworfen und in einer kleinen Auflage von hundert Puppen produziert. Kopf, Arme, Beine aus mit Wachs überzogenem Papiermaschee. Körper aus Leder und Baumwollstoff. Dunkelbraune, bewegliche Augen aus Kristallglas.
Schätzwert beider Puppen gesamt: 7.900 Euro

Karl
Eine Babypuppe, 1913 in Deutschland entworfen und produziert. Kopf aus Porzellan mit hellblauen Schlafaugen. Hände und Füße: Kompositmaterial, Körper: mit Holzwolle gefüllter Baumwollstoff.
Schätzwert: 2.500 Euro

Feine Dame
Ca. 1865–1870 in Belgien entworfen und in Deutschland hergestellt. Kopf und Glieder aus Porzellan. Körper aus Leder und Holz. Smaragdgrüne Augen aus Kristallglas.
Schätzwert: 3.200 Euro

Geheimes Tagebuch von Kim Jülich
Samstag, 22:07 Uhr

▸ Ben & Lukas: Finger weg von meinem geheimen Tagebuch!!! Dann lasse ich meine Finger auch von eurem geheimen Schokoladenversteck, das ich unter der Kellertreppe entdeckt habe … ◂
Vorhin hat erst Marie, dann Franzi angerufen. Ihre Dates sind leider nicht gut gelaufen. Das tut mir sehr leid für die beiden! Dieser verdammte Eifersuchts-Virus! Marie hat mit Holger gestritten, weil er sie in eine neue Pizzeria einladen wollte, die ihm Lilo empfohlen hat. Lilo ist die neue Nachhilfelehrerin von Holger, und Marie reagiert

auf die Erwähnung ihres Namens ziemlich empfindlich. Sie hat nämlich den Verdacht, dass ihr Freund sich in die Studentin verliebt hat. Deswegen hat Marie Holger vorgeworfen, dass er mit der liebreizenden Lilo gar nicht Mathe lernen, sondern nur über coole Ausgeh-Orte plaudern würde. Weil er wohl rausfinden will, welches ihr Lieblingslokal ist, damit er sie dorthin einladen kann.
Holger war beleidigt und der Abend erst mal gelaufen.
Hoffentlich kriegt sich Marie bald wieder in den Griff. Nie im Leben ist Holger in seine Nachhilfelehrerin verknallt! Er liebt Marie, sonst keine. Das ist so deutlich zu sehen!
Franzis Verabredung war ebenfalls nicht so toll. Es war sicher strategisch nicht sehr klug von ihr, sich von Paul zum Café fahren zu lassen, in dem sie sich mit Blake treffen wollte. Aber sie hatte den Bus verpasst und wäre zu spät gekommen. Paul war gerade zufällig an der Haltestelle vorbeigefahren und hatte sie mitgenommen. Blake hat dann gesehen, wie Franzi aus dem Auto gestiegen ist, und ihr sofort unterstellt, dass sie sich also doch mit Paul getroffen und einen schönen Ausflug gemacht hat.
Franzi hat sich dieses Mal zusammengerissen und ist nicht abgehauen. Sie hat versucht, mit Blake in Ruhe zu reden und alles zu klären. Er hat dann auch irgendwie eingelenkt und der Abend ist noch gut geworden. Trotzdem hat Franzi das Gefühl, dass ihr Freund ihr nicht ganz vertraut.
Das ist wirklich blöd!
Ich bin so froh, dass David und ich uns gerade so gut verstehen. Die Lesung aus unserem gemeinsamen Fantasy-Krimi hat uns noch mehr zusammengeschweißt. Ich war ziemlich aufgeregt, aber David hat mich die ganze Zeit beruhigt. Das war so lieb von ihm!
Jetzt ist er gerade mit seinem Vater beim Angelwochenende, trotzdem hat er sich Gedanken zu einer Fortsetzung für unseren Roman gemacht. Ist das nicht süß!?
David hat geschrieben, dass er von einem wissenschaftlichen Zeitungsartikel über elektromagnetische Hochfrequenzbeeinflussung inspiriert wurde (ich muss mal

nachlesen, was das genau ist). Junos und Laurina sollen es mit dem bösartigen Herrscher eines fernen Planeten zu tun bekommen. Er will die gesamte Infrastruktur der Erde quer durch die Galaxie mit einer gigantischen High-Power-Electromagnetics-Waffe außer Gefecht setzen und dann die Macht über die Menschheit übernehmen.
Mein Freund plant also mal wieder massive Zerstörung. Schwierig. Eigentlich habe ich darauf keine Lust. Ich will aber auch auf keinen Fall mit ihm Streit haben, so wie das bei unserem ersten Roman war!
Deshalb antworte ich erst mal nicht, sondern lasse mir alles in Ruhe durch den Kopf gehen.
Und jetzt recherchiere ich für unseren Fall weiter!

Franzi blinzelte ihre Freundinnen müde an. »Wollt ihr Kakao oder selbst gemachte Zitronenlimo?«
»Für mich bitte Limo«, murmelte Marie. Sie sah, trotz sorgfältig geschminkter Augen und geglättetem Haar, nicht so frisch aus wie sonst.
»Ich nehme auch Limo«, schloss sich Kim an. Sie schob ihr Glas zu Franzi und lehnte sich wieder zurück. »Wie geht's euch beiden denn?«, erkundigte sie sich vorsichtig.
Franzi schenkte aus einem großen Krug drei Gläser ein. »Ich fühle mich ziemlich gerädert«, gab sie zu. »Ich musste dauernd an den Abend mit Blake denken und bin erst total spät eingeschlafen.«
»Das ging mir genauso.« Marie nahm einen Schluck Limonade. »Ich weiß einfach nicht, wie ich meine Eifersucht in den Griff kriegen kann!«

Franzi lachte leise auf. »Vielleicht solltet du und Blake mal einen Anti-Eifersuchts-Kurs machen.«
»Womöglich«, murmelte Marie.
Eine Weile herrschte Schweigen im Raum. Von der nahe gelegenen Weide war leises Wiehern zu hören. Kim sah zum Fenster. Franzis Pony Tinka tobte ausgelassen mit dem Pferd des Nachbarn auf der Wiese herum.
Die Detektivinnen saßen im alten Pferdeschuppen auf dem Hof der Familie Winkler. Von außen wirkte das Häuschen aus wettergegerbtem Holz unscheinbar. In seinem Inneren verbarg sich jedoch das gemütliche Hauptquartier der drei !!!. Es war mit einem kleinen runden Tisch und drei Stühlen, einem Bollerofen für die kalte Jahreszeit, Regalen und einem großen Rollcontainer für die Detektivutensilien eingerichtet. An der rückwärtigen Wand stand eine alte Kutsche, die über und über mit bunten Ausrufezeichen bemalt war. In ihr konnten die Mädchen bei zugezogenem Verdeck besonders geheime Besprechungen abhalten.
»Aufwachen!« Marie klopfte auf die Tischplatte. »Hey, Franzi und ich werden uns jetzt zusammenreißen. Wir haben uns hier schließlich getroffen, um über den neuen Fall zu sprechen.«
»Du hast recht.« Franzi straffte die Schultern und sah etwas munterer aus. »Also, wie gehen wir vor?«
»Ich habe gestern noch etwas recherchiert«, sagte Kim. »Um mehr über *Coppelia* herauszufinden. Dieses scheinbare C an der Wand hat mich einfach nicht losgelassen. Also …«

»Was?«, fiel Marie ihr ins Wort. »Was hast du gefunden?«

»Nichts.«

»Aha.« Marie sah Kim ratlos an.

Kim räusperte sich. »Also, ich habe natürlich jede Menge Informationen über antike Puppen gefunden. Aber speziell zu *Coppelia* gab es nichts. Und ich glaube, wir kommen im Moment bei dieser Spur nicht weiter. Vielleicht ist sie sogar nur ein Holzweg?« Kim tippelte nervös mit den Fingern auf dem Detektivtagebuch, das sie vor sich auf den Tisch gelegt hatte. »Ich habe das Gefühl, dass uns die blutige Spur und *Coppelias* Augen abgelenkt haben. Was haltet ihr davon, wenn wir das erst mal so stehen lassen und dann neu ansetzen?«

Marie und Franzi nickten langsam.

»Wahrscheinlich hast du recht«, meinte Marie schließlich. »Ich habe gestern Nacht auch noch mal überlegt. Mir ist dieser Sammler eingefallen. Thomas hieß er, glaube ich. Seine Stimme klang irgendwie eifersüchtig, als er Frau Reumann wegen des Workshops gefragt hat.« Marie runzelte die Stirn. »Eifersüchtig – oder neidisch. Als würde er gerne die Puppen-Workshops von Frau Reumann übernehmen. Vielleicht ist das jetzt übertrieben, aber: Geht es um Konkurrenz? Hat dieser Thomas die Puppen geklaut und die Verwüstung angerichtet, um Frau Reumann so zu schockieren, dass sie keine Kurse mehr abhalten kann? Und er das für sie übernimmt? Womöglich kann man mit Puppenworkshops viel Geld verdienen. Oder es geht um Anerkennung und Geltung in Sammlerkreisen?«

»Ich hatte auch schon an Sabotage gedacht.« Kim griff zum

Bleistift. »Das wäre echt heftig. Aber wir müssen alle Verdachtsmomente zusammentragen. Danach sehen wir weiter.« Sie schrieb *Verdächtige* ins Detektivbuch und setzte den Namen des Sammlers darunter.

»Was ist mit der dritten Sammlerin, Anita?«, fragte Franzi. »Es ist doch seltsam, dass sie gestern nicht beim Schlösschen erschienen ist. Hat sie sich keine Sorgen gemacht? Als man ihr die Nachricht hinterlassen hat, war ja noch nicht klar, dass ihre Puppen gar nicht betroffen sind.« Franzi sprang auf und lief einige Schritte im Raum hin und her. »Klar, es ist möglich, dass Anita die Nachricht einfach nicht abgehört hat. Aber es könnte auch sein, dass sie genau wusste, was passiert ist.« Franzi blieb vor dem Besprechungstisch stehen. »Weil sie womöglich selbst die Puppen geklaut oder den Raub in Auftrag gegeben hat. Und deshalb ist sie lieber erst mal nicht in Erscheinung getreten.«

»Eine gewagte Theorie«, murmelte Kim.

»Aber nicht unmöglich!«, beharrte Franzi. »Du hast selbst gesagt, dass wir alle Verdachtsmomente sammeln und dann weiterüberlegen.«

»Stimmt.« Kim notierte den Namen ins Detektivtagebuch.

Plötzlich schnippte Marie mit den Fingern. »Morgen ist Montag, da findet der Puppenworkshop bei Elvira Reumann statt. Das wäre die ideale Möglichkeit, Thomas genauer unter die Lupe zu nehmen. Und diese Anita. Wenn sie nicht wieder wegbleibt. Wir sprechen mit Elvira Reumann und gehen undercover hin! Als Schülerreporter oder so.«

»Das ist die Idee!«, rief Franzi. »Dabei können wir uns auch noch die anderen Teilnehmer genauer ansehen. Das sind alles Puppenliebhaber und sie kennen Elvira Reumanns Sammlung. Wir müssen versuchen herausfinden, ob jemand besonderes Interesse an den Puppen gezeigt hat.«
Kim nickte. »Am besten, wir rufen Frau Reumann gleich an und erzählen ihr von unserem Plan. Marie, hast du ihre Telefonnummer?«
»Ja, klar.« Marie zog ihr Handy aus dem Matchbeutel.
»Den Hausmeister müssen wir auch noch unter die Lupe nehmen«, sagte Franzi. »Der Geschäftsführer hat zwar gesagt, dass er für ihn die Hand ins Feuer legt. Ich finde es aber seltsam, dass genau in der Nacht ins Schlösschen eingebrochen wurde, in der er die Alarmanlage deaktiviert hat. Er könnte mit den Dieben unter einer Decke stecken. Oder er ist sogar selbst der Täter?«
Kim machte sich eine Notiz. »Den Hausmeister knöpfen wir uns gleich nach dem Workshop vor.«
»Auf alle Fälle«, stimmte Marie sofort zu. »Und jetzt rufe ich Elvira Reumann an.«

Unheimlicher Anblick

»Die arme Puppe!«, rief Franzi. »Waren das Ben und Lukas?«
»Nein, das war ich.« Kim nahm die Plastikpuppe, der ein Bein fehlte, aus dem Fahrradkorb.
»Du bist unmöglich.«
»Ich dachte, es wirkt echter, wenn wir ein verletztes Puppenkind mitbringen.« Kim steuerte auf den lang gezogenen Backsteinbau zu. »Es wird ja bald wieder heile. Ich habe das Bein natürlich dabei.«
»Ich finde die Idee gut«, sagte Marie, die neben ihr lief. »Elvira Reumann hat mir erzählt, dass bei den Workshops hauptsächlich neue Puppen gestaltet werden, aber auch viel repariert wird. Wir können sagen, dass wir unbedingt ausprobieren wollen, wie das geht. Weil man viel besser über etwas schreiben kann, das man selbst mal gemacht hat.«
»Genau so habe ich es gedacht.« Kim zog an der Klingelschnur neben dem Eingang. »Ich bin froh, dass Frau Reumann schließlich doch einverstanden war, dass wir verdeckt ermitteln.«

Marie zuckte mit den Schultern. »Sie kann es sich eben nicht vorstellen, dass jemand aus dem Seminar der Täter sein könnte. Die Gruppe besteht schon seit vielen Jahren.«
»Ich glaube, besonders unangenehm ist ihr, dass wir sie gebeten haben, ihrem Enkel und ihrer Auszubildenden nichts zu sagen.«
»Das kann ich schon verstehen«, murmelte Marie. »Sie hat doch erklärt, dass Torben, Leonie und Jens-Dieter sozusagen ihre Familie sind, seitdem ihr Mann gestorben ist und ihre Tochter so weit weg wohnt. Der Familie vertraut man.«
Kim seufzte. »Das soll sie ruhig tun. Wir aber sind Detektivinnen. Bis wir die wahren Täter geschnappt haben, stehen nun mal alle unter Verdacht.«
»Jens-Dieter Rohloff auch?«, fragte Franzi und grinste. »Wir haben ihn schon in zwei Fällen verdächtigt, und immer war er unschuldig.«
Marie machte ein belustigtes Gesicht. »Dann wäre er jetzt vielleicht mal dran.« Sie sah ungeduldig zur Tür. »Warum macht denn keiner auf?«
Kim zog erneut an der Klingelschnur.
»Mal im Ernst«, fuhr Marie fort. »Zufällig weiß ich, dass Herr Rohloff mit seiner Patentante am Freitag zur Tatzeit im Restaurant neben der Oper war. Tessa und mein Papa waren auch dort und haben kurz mit ihm über eure tolle Lesung geplaudert. Das hat Tessa mir am Samstag beim Frühstück erzählt. Hatte ich ganz vergessen.«
»Alles klar«, murmelte Kim. »Unsere Hauptverdächtigen

sind definitiv Thomas und Anita ...« Sie verstummte, weil die Tür geöffnet wurde.
Elvira Reumann begrüßte die Mädchen. »Entschuldigt bitte, dass ihr so lange warten musstet. Ich war am Telefon und dachte, Leonie oder Torben hätten euch schon reingelassen.« Sie zog die Tür weiter auf. »Kommt herein.«
Die drei !!! gaben Frau Reumann die Hand und folgten ihr in den Flur. Die alte Dame war immer noch blass, aber sie wirkte gefasster als bei ihrem letzten Besuch.
»Ich habe Leonie und Torben erzählt, dass heute drei junge Reporterinnen ein Interview mit mir machen werden und anschließend am Puppenseminar teilnehmen.«
»Das ist super«, sagte Marie.
Die alte Dame deutete auf die beschädigte Puppe in Kims Arm. »Ich sehe, dass ihr euch auf eure Rolle vorbereitet habt.« Sie seufzte. »Ich fühle mich wirklich nicht gut bei dieser Aktion. Aber es muss wohl so sein.«
Die drei !!! nickten gleichzeitig.
Frau Reumann hatte Tee und Gebäck auf dem Tisch im Esszimmer vorbereitet. Während sie allen einschenkte, nahmen die drei !!! Platz. Kim setzte die Puppe neben sich auf den leeren Stuhl.
»Ich kann mir einfach nicht vorstellen, dass jemand aus meinem Puppenseminar so etwas tut«, sagte Elvira Reumann leise. Sie stellte die Teekanne zurück auf das Stövchen und setzte sich. »Das wäre wirklich fürchterlich für mich!«
Kim nickte. »Das kann ich verstehen.«

Vom Flur her erklangen Schritte und Stimmen. Kurze Zeit später streckte Leonie den Kopf zur Tür herein. Sie stutzte. »Wir haben uns doch neulich erst gesehen! Ihr seid also die Schülerinnen, die einen Artikel über das Puppenmacherhandwerk schreiben wollen.«
»Genau«, rief Kim. »Es ist sehr nett von Frau Reumann und dir, dass ihr uns hier reinschnuppern lasst.«
Torben erschien hinter der jungen Frau und winkte den Mädchen zu. »Hi!«
»Wir haben die neu gelieferten Perücken einsortiert«, verkündete Leonie. »Jetzt fege ich noch schnell die Werkstatt aus.«
»Wunderbar.« Elvira Reumann nickte. »Vielen Dank.«
Torben lächelte Leonie an. »Ich helfe dir!«
»Das musst du nicht«, antwortete Leonie schnell. »Du wolltest doch für deine Klausur lernen.«
»Das hat Zeit«, sagte Torben. »Ich helfe dir wirklich gerne.«
Leonie zuckte mit den Schultern. »Na dann, komm!«
»Ich glaube, mein Enkel hat sich ein bisschen in Leonie verliebt.« Frau Reumann lächelte. »Ich würde mich freuen, wenn aus den beiden ein Paar wird. Sie waren schon als kleine Kinder beste Freunde. Allerdings haben sie sich aus den Augen verloren, nachdem meine Tochter mit Torben und seinem Vater in eine andere Stadt gezogen ist. Mein Enkel kam vor zwei Monaten zum Studieren hierher zurück. Er ist aus allen Wolken gefallen, als er erfahren hat, dass Leonie bei mir die Ausbildung macht und ebenfalls ein Zimmer hier bewohnt.«

»Das ist doch ein Wink des Schicksals«, rief Marie. »Die beiden kommen bestimmt zusammen.«
Kim rutschte ungeduldig auf ihrem Stuhl hin und her. »Wir würden Ihnen gerne noch ein paar Fragen stellen, Frau Reumann. Bevor die Teilnehmer kommen.«
Die Puppenmacherin beugte sich vor. »Natürlich. Was möchtet ihr wissen?«
»Hat sich in der Vergangenheit jemand aus der Werkstatt-Gruppe vielleicht ganz besonders für die fünf Puppen interessiert?«
Die alte Dame seufzte. »Nein, daran kann ich mich nicht erinnern.« Im selben Moment klingelte es an der Haustür. Elvira Reumann sah auf ihre Armbanduhr. »Da ist aber jemand früh dran. Wir beginnen erst in einer Viertelstunde.« Sie stand auf. »Entschuldigt mich bitte.«
Kim runzelte die Stirn. »Ich wollte gerade nach dieser Anita fragen.«
Die Puppenmacherin kam zusammen mit einer Frau und einem Mann ins Zimmer zurück. Kim schätzte beide auf ungefähr dreißig Jahre.
»Das sind Juliane und Frederick«, stellte Frau Reumann sie vor. Die beiden sind seit über fünf Jahren treue Mitglieder in der Puppenwerkstatt.« Sie deutete zum Tisch. »Die Mädchen haben ein, ähm, Interview mit mir gemacht.« Sie räusperte sich. »Sie schreiben einen Artikel für ihre Schülerzeitung und werden nachher in der Werkstatt dabei sein.«
»Das ist ja schön!«, sagte Juliane. »Tut mir leid. Wir wollten

nicht stören. Aber uns war nicht bewusst, dass wir zu früh dran sind.«

»Wir haben heute ausnahmsweise gleich einen Parkplatz gefunden und gar nicht mehr auf die Uhr geschaut«, ergänzte Frederick.

Juliane legte einen Arm um Elvira Reumann. »Thomas hat uns erzählt, dass fünf deiner Puppen aus der Ausstellung gestohlen worden sind. Das ist so furchtbar!«

Frau Reumann biss sich auf die Lippe. »Ja. Das ist es.«

»Hat die Polizei denn schon etwas herausgefunden?«, wollte Frederick wissen.

»Ich habe bislang nichts gehört.« Elvira Reumann massierte sich die Schläfen. »Ich kann nur hoffen und beten.«

»Es ist einfach nicht zu fassen«, murmelte Frederick. »Wir haben am Freitag mit Heribert und Thomas bei Erika in ihren Geburtstag hineingefeiert. Es war ein sehr lustiger Abend. Schade, dass du wegen der Opernverabredung nicht dabei sein konntest und Anita krank war. Sonst wäre die Puppenwerkstatt komplett gewesen.« Er seufzte. »Mir wird gerade klar, dass irgendwann in dieser Nacht, in der wir fröhlich gefeiert haben, deine geliebten Puppen gestohlen wurden.«

Betroffenes Schweigen erfüllte den Raum.

Kim schoss plötzlich ein Gedanke durch den Kopf: Frederick hatte gerade ein Alibi für beinahe alle Werkstatt-Teilnehmer und -Teilnehmerinnen genannt. Sie wechselte einen heimlichen Blick mit Marie und Franzi.

Im nächsten Moment entdeckte der junge Mann die lädierte

Puppe auf dem Stuhl neben Kim. »Ihr habt einen Patienten mitgebracht«, stellte er fest.
»Ja«, antwortete Kim. »Wir würden gerne lernen, wie man das Bein repariert. Dann können wir unsere Reportage authentischer gestalten.« Sie wühlte in ihrem Rucksack und förderte das Puppenbein zutage.
Frederick nickte. »Wenn ihr wollt, zeigen wir euch jetzt gleich, wie man es fachgerecht befestigt.« Er sah von Juliane zu Elvira. »Was meint ihr?«
»Klar, das können wir gerne machen«, sagte Juliane sofort.
Elvira Reumann wandte sich zur Tür. »Lasst uns in die Werkstatt gehen.«

Als sie den Raum betraten, stellte Leonie gerade einen Besen in die Ecke neben der Tür.
Torben schüttete den Staub von der Kehrschaufel in eine kleine Tonne. »Fertig«, sagte er. »Dann gehe ich jetzt lernen. Ich hole dich nach dem Workshop ab, okay?«
Leonie nickte. »Ja, klar!«
Kim unterdrückte ein Lächeln, als Torben sich mit geröteten Wangen verabschiedete. Verliebt zu sein war einfach etwas so Schönes!
»Dann wollen wir mal«, sagte Frederick und lief zu einer Reihe von Arbeitstischen, die mitten im Raum standen. Jeder Platz war mit Lampe, Drehhocker und Rollcontainer ausgestattet. Auf manchen Tischen herrschte ein ziemliches Durcheinander. Scheren, Zangen, Haken und andere Werkzeuge la-

gerten kreuz und quer neben Stoffresten und dem einen oder anderen Puppenkörperteil. Andere Tische waren ordentlich aufgeräumt, das Werkzeug und Material darauf in geraden Linien ausgerichtet.

»Da sieht man, wie unterschiedlich die Menschen sind«, sagte Frederick und lächelte, als er Kims Blick bemerkte. Er legte ihre Puppe und das Bein auf einem der unaufgeräumten Tische ab und schaltete die Lampe ein.

»Das ist ja der Hammer!«, rief Franzi. Sie war vor einer deckenhohen Regalwand stehen geblieben. Darin waren dutzende von Kisten und Körben gestapelt, in denen sich jede Menge Puppenarme, -beine und -körper befanden. Sie waren nach Größe, Hautfarbe und Herstellernamen sortiert.

Im Regal daneben lagerten hunderte von Puppenköpfen. Sie hatten die unterschiedlichsten Gesichtsformen. Bei einigen waren rosige Wangen, die Lippen, Augenbrauen oder Sommersprossen aufgemalt. Andere Exemplare waren noch unbemalt und glänzten fahl im Licht. Bei einigen fehlten die Augen, bei allen die Haare. Es war ein unheimlicher Anblick. Kim zog fröstelnd die Schultern hoch und wich einige Schritte von dem Regal zurück.

»Das ist bestimmt etwas ungewohnt für euch«, sagte Elvira Reumann. »Das ist sozusagen das Ersatzteillager für die Reparaturen. Wir bekommen sehr viele Puppen geschickt oder vorbeigebracht, an denen etwas verloren- oder kaputtgegangen ist.«

»Elviras Puppenwerkstatt hat einen ausgezeichneten Ruf«,

ergänzte Leonie. »Ob antike Exemplare oder neue Puppen – die Leute vertrauen auf ihre Kunst.«

»*Unsere* Kunst. Du bist schließlich auch dabei.«

Leonies Augen begannen zu leuchten. »Ich bin so glücklich, dass ich bei dir meine Ausbildung machen darf. Puppen sind mein Leben! Ich kann mir keine schönere Arbeit vorstellen als die der Puppenmacherin.«

Elvira Reumann lächelte. »Ich freue mich, dass ich dich anleiten darf.« Zu den drei !!! gewandt sagte sie: »Es ist schon fest ausgemacht: In zwei Jahren werde ich mich zur Ruhe setzen. Dann wird Leonie die Puppenwerkstatt übernehmen. Das ist ein gutes Gefühl.«

Leonie strahlte über das ganze Gesicht.

Elvira Reumann drückte sie an sich. »Und jetzt schreiten wir zur Tat und heilen Kims Puppe.«

Die drei !!! beobachteten fasziniert, wie Frederick geschickt mit feinen Werkzeugen an der Puppe hantierte. Juliane, Leonie und Elvira erklärten abwechselnd die Arbeitsschritte. Man sah allen deutlich an, dass sie voller Begeisterung dabei waren. Kim tat so, als mache sie Notizen in das kleine Heft, das sie mitgebracht hatte. Marie und Franzi schossen Fotos.

Einige Minuten später setzte Frederick die Puppe vorsichtig auf die Tischplatte. Er lächelte. »Alles wieder gut!«

»Sollen wir ihr noch etwas zum Anziehen aussuchen?«, fragte Juliane. »Ich habe noch ein paar niedliche Latzhosen übrig. Die dürften ihre Größe haben.«

»Das wäre toll.« Kim seufzte innerlich. Sie konnte sich beim besten Willen nicht vorstellen, dass Juliane oder Frederick die Puppen einer älteren Dame gestohlen und dabei alles verwüstet hatten. Aber vielleicht waren die beiden auch einfach sehr gute Schauspieler?

Die Glocke an der Haustür riss Kim aus ihren Gedanken.

»Ich mache auf.« Leonie lief in den Flur hinaus.

Scherben bringen Glück

Leonie kam mit drei Personen in die Werkstatt zurück: einem Mann mit fülligem, weißem Haar und grau meliertem Bart, einer großen, schlanken, vielleicht fünfzigjährigen Frau sowie dem dunkelhaarigen Mann, der am Samstag beim Wasserschlösschen gewesen war.

»Herzlich willkommen Heribert, Erika und Thomas«, sagte Elvira. »Schön, dass ihr da seid.«

Die drei grüßten in die Runde und Elvira stellte ihnen Kim, Franzi und Marie vor.

»Wo steckt Anita denn?«, fragte Elvira. »Ihr fahrt doch immer zu viert.«

Die drei !!! horchten auf.

»Sie war nicht an der Bushaltestelle«, sagte Thomas. Er kratzte sich am Kinn und machte ein besorgtes Gesicht. »Telefonisch ist sie auch nicht zu erreichen. Ich habe seit Freitag nichts von ihr gehört.«

»Da habe ich auch zum letzten Mal mit ihr telefoniert«, sagte Erika. »Anita hat mir zum Geburtstag gratuliert und meinte, sie könne leider nicht kommen. Es ginge ihr nicht so gut, sie habe wohl etwas Falsches gegessen.«

Frederick seufzte. »Wahrscheinlich hat sie sich den Magen-Darm-Virus eingefangen, der gerade umgeht.«

»Vielleicht kommt sie ja doch noch«, warf Heribert in die Runde.

Thomas runzelte die Stirn. »Wenn nicht, sehe ich morgen bei ihr vorbei.«

Kim wollte Marie gerade etwas zuflüstern, als Erika sie ansprach: »Ich finde es sehr schön, dass ihr etwas über das Puppenmachen schreiben möchtet! Wenn ihr mögt, könnt ihr zusehen, wie ich den Porzellankopf für meine neue Babypuppe bemale. Sie ist die Nachbildung einer bekannten französischen Puppe aus dem späten 19. Jahrhundert. Ein sogenanntes *Bébé Caractère*. Ganz wundervoll!«

Heribert lachte. »Du überforderst die Mädchen mit deinen Fachbegriffen!«

Kim schüttelte den Kopf. »Ein *Bébé Caractère* ist eine Puppe, die das realistische Gesicht von einem Neugeborenen oder von einem kleinen Kind hat, das lacht oder weint. Sozusagen ein *Charakterkopf*. Das war im 19. und 20. Jahrhundert eine Neuentwicklung auf dem Puppenmarkt. Puppen, die früher gestaltet worden sind, hatten meistens erwachsene, starre Gesichter ohne Emotionen.«

»Alle Achtung«, sagte Heribert. »Du weißt Bescheid!«

»Ich habe auch schon sehr viele Stunden zu dem Thema recherchiert«, sagte Kim leise.

Thomas schnippte mit dem Finger. »Haben wir uns nicht schon mal gesehen? Ihr drei wart am Samstag beim Wasserschlösschen, oder?«
»Stimmt. Wir wollten uns eigentlich die Ausstellung ansehen«, beeilte sich Kim zu sagen. »Dann haben wir vom Raub der Puppen erfahren. Das ist so schlimm!«
Thomas nickte. »Es ist wirklich unfassbar.«
Die anderen Workshop-Teilnehmer bekundeten ebenfalls großes Entsetzen. Für eine Weile drehte sich da Gespräch ausschließlich um die gestohlenen Puppen.
Kim, Franzi und Marie beobachteten und lauschten aufmerksam.
Alle Teilnehmer schienen vom Raub der Puppen völlig schockiert zu sein und aufrichtig mit Elvira Reumann mitzufühlen.
»Bitte, lasst uns aufhören darüber zu reden«, rief Frau Reumann mit brüchiger Stimme. »Das überfordert mich.« Sie tupfte sich mit einem Taschentuch über die Augen.
Leonie sah sie besorgt an und legte ihr einen Arm um die Schultern. »Soll ich dir ein Glas Wasser holen?«
»Danke, das ist lieb von dir«, antwortete Elvira Reumann und steckte das Taschentuch ein. »Ich gehe selber schnell in die Küche. Fangt doch schon mal an!«
»Ist es wirklich in Ordnung für dich?«, fragte Thomas.
»Aber ja«, antwortete Frau Reumann. »Ich bin gleich wieder da.«
Die Teilnehmer liefen zu ihren Arbeitstischen und holten Material und halb fertige Puppen aus den Rollcontainern.

Erika winkte den Mädchen zu. »Wer möchte, kann gerne zu mir kommen!«
»Zu mir auch«, rief Juliane. Sie hielt zwei kleine Latzhosen in die Höhe. »Kim, wir müssen deine Puppe noch einkleiden.«
Heribert stopfte konzentriert und schweigend einen Puppenkörper aus Stoff mit Holzwolle aus.
Thomas und Frederick jedoch winkten ebenfalls.
»Bei mir gibt es eine Mannequin-Replik zu sehen«, sagte Frederick.
»Ich arbeite an einer modernen Harlekin-Puppe«, rief Thomas.
»Ist das stressig«, flüsterte Marie. »Wir teilen uns am besten auf. Ich gehe zu Thomas und Heribert, Kim zu Juliane und Frederick, Franzi zu Erika.«
»Einverstanden«, wisperte Kim.
Franzi nickte. »Viel Erfolg!«
Kim steuerte den Tisch von Juliane an. Aus dem Augenwinkel sah sie, dass Elvira Reumann wieder da war. Sie besprach gerade etwas mit Leonie.

Über eine Stunde später schwirrte Kim der Kopf.
Sie hatte eine getupfte Latzhose und ein rosa Hemdchen für die reparierte Puppe und jede Menge Wissen über Porzellan-Mannequin-Puppen aus dem frühen 19. Jahrhundert erhalten. Es war schon erstaunlich, dass sich erwachsene Menschen so intensiv für Puppen begeistern konnten und scheinbar ohne Ende Gesprächsstoff dazu hatten.

Im Moment waren sie alle mit Elvira und Leonie am Tisch von Frederick versammelt und berieten über Form und Farbe der Echthaarperücke für seine Mannequin-Puppe.
Kim lächelte in sich hinein. Das war schon ziemlich verrückt. Und sehr sympathisch. Konnte einer von diesen Menschen tatsächlich einen Diebstahl begehen?
Marie rückte ein Stück an Kim heran. »Thomas hat mir erzählt, dass er bei der Sparkasse arbeitet und nebenher eine kleine Puppenwerkstatt führt. Er kommt immer noch in Elviras Workshop, weil alle befreundet sind und er sich hier sehr wohl fühlt. Wenn Frau Reumann im Urlaub oder selber auf Seminaren ist, macht er manchmal die Vertretung für sie.«
»Also könnte er ein Konkurrent sein, der Frau Reumann schaden und sie ausschalten will«, flüsterte Kim.
»Ich weiß nicht.« Marie zögerte. »Er hat so von Elvira und ihrer Puppenkunst geschwärmt. Das klang sehr vertraut. Irgendwie traue ich es ihm nicht mehr zu …«
Franzi stieß sie an. »Später.«
Die Gruppe um den Tisch hatte sich aufgelöst. Frederick hatte sich offenbar entschieden. Er setzte seiner Puppe gerade vorsichtig eine Perücke aus mokkabraunem Haar auf.
Erika hielt den Porzellankopf hoch, den sie mit zartem Wangenrot und feinen Augenbrauenstrichen versehen hatte. Zufrieden betrachtete sie ihn. »Jetzt kann die Farbe gebrannt werden.« Sie sah zu den drei !!!. »Kommt doch mit. Dann könnt ihr Fotos davon machen, wie wir den Kopf in den Brennofen stellen.«

»Ja, gern«, antwortete Franzi überrumpelt. Kim und Marie nickten.
Erika stand auf. »Der Ofen befindet sich im Keller. Elvira bewahrt dort auch weiteres Puppenzubehör, alte Puppenwagen, antike Schaukelpferde und solche Dinge auf. Das müsst ihr euch angucken!«
»Ich muss noch neue Porzellanmasse aus dem Keller holen, sagte Leonie. »Ich komme mit und zeige euch den Raum.« Sie lief zur Tür voraus.
Die drei !!! folgten den beiden Frauen langsam in den Flur.
»Was sollen wir denn beim Brennofen im Keller?«, fragte Franzi leise. »Ich glaube, die ganze Aktion hier bringt nichts.«
Kim bückte sich und tat, als müsse sie den Schnürsenkel an ihrem Schuh neu binden. »Immerhin haben wir erfahren, dass Thomas eine eigene Puppenwerkstatt hat«, flüsterte sie. »Da müssen wir dranbleiben.« Sie richtete sich wieder auf.
Marie nickte. »Und vielleicht taucht diese Anita doch noch auf.«
Kurz vor der Treppe zum Keller blieb Leonie stehen und sah zu den Mädchen. Sie wartete, bis sie zu ihr aufgeschlossen hatten. »Wie gefällt es euch denn?«
Erika stieg bereits die Stufen hinab. Vorsichtig hielt sie den Porzellankopf in der einen Hand, während sie mit der anderen das Geländer umfasste.
»Sehr gut«, sagte Marie. »Ihr seid hier alle total nett und hilfsbereit. Wir haben uns ganz viel aufgeschrieben. Das wird eine tolle Reportage.«

»Bestimmt!« Die Auszubildende lächelte. »Elvira freut sich sehr über euer Interesse.« Plötzlich verlor sich das Lächeln in Leonies Gesicht und sie sah sehr traurig aus. »Ich mache mir gerade große Sorgen um sie. Es tut mir so leid, dass das mit ihren Puppen passiert ist. Elvira versucht sich zusammenzureißen, aber in Wahrheit ist sie verzweifelt. Ich habe Angst, dass sie zusammenbricht.« Leonie lehnte sich gegen die Wand. »Entschuldigt bitte, dass ich euch das erzähle. Das ist blöd von mir. Es ist nur gerade alles zu viel.«
»Das ist doch verständlich«, sagte Kim leise.
Leonie blickte zum Boden. »Es geht mir nicht aus dem Kopf«, murmelte sie. »Ich muss Elvira das mit Anita erzählen.«
Die drei !!! horchten auf.
»Hast du eben *Anita* gesagt?«, fragte Marie. »Meinst du die Teilnehmerin, die heute nicht da ist?«
»Wie bitte?« Leonie sah Marie verwirrt an. »Ja ... nein. Ich habe nur so vor mich hingesprochen.«
»Was ist mit Anita?«, beharrte Kim.
»Ich ... ich weiß nicht«, stotterte Leonie. »Mir ist vorhin etwas eingefallen. Aber ...« Leonie biss sich auf die Lippe. »Das ist unmöglich.«
»Was ist unmöglich?«, fragte Kim.
Im nächsten Moment war ein lauter Schlag aus dem Keller zu hören, dann rief eine schrille Stimme: »Mist!«
»Erika«, sagte Leonie erschrocken.
Die Detektivinnen rannten zusammen mit ihr los. Ihre Füße flogen über die Treppenstufen.

Atemlos erreichten sie ein niedriges Gewölbe.
Erika stand neben einem großen Brennofen, dessen schwere Tür geöffnet war. Sie rieb sich mit schmerverzerrtem Gesicht den Hinterkopf. Auf dem Boden lag eine lange Tischplatte. Sie hatte vermutlich am Regal gelehnt und musste dann umgekippt sein. Ein Stück davon entfernt glänzten mehrere Porzellanscherben.
»Um Himmels willen«, rief Leonie. »Bist du verletzt?«
»Ist schon in Ordnung«, ächzte Erika. »Das gibt nur eine dicke Beule. Wie gut, dass *ich* nicht aus Porzellan bin.« Sie sah bedauernd zu dem zerbrochenen Puppenkopf. »Na ja, Scherben sollen ja Glück bringen.«
»Das ist wirklich ärgerlich. Aber Hauptsache, du hast keine ernsthaften Verletzungen. Wie ist das denn passiert?«
Erika zuckte mit den Schultern. »Ich habe mich gebückt und bin versehentlich gegen die Tischplatte gestoßen. Sie ist auf mich gefallen und dabei ist mir der Puppenkopf aus der Hand gerutscht.« Sie hielt Leonie ein winziges silbernes Körbchen mit rosafarbenen Stoffblumen hin.
Leonie betrachtete es überrascht.
»Das habe ich auf dem Boden gefunden. Es muss aus einem der Kartons mit den Puppen-Accessoires gefallen sein.«
»Ah, danke dir.« Leonie nahm das Körbchen entgegen. Sie zog einen Karton aus dem Regal und legte es vorsichtig hinein.
»Gerne geschehen.« Erika seufzte. »Für antike Blumenkörbchen gebe ich alles. Und jetzt hole ich Schaufel und Besen und räume auf.«

»Das mache ich schon«, sagte Leonie. »Am besten lässt du dir von Elvira einen Eisbeutel für deinen Kopf geben.« Sie richtete die Tischplatte auf und lehnte sie gegen die Wand.
Erika nickte. »Danke. Dann gehe ich mal rauf.« Sie lächelte die drei !!! von der Treppe aus an. »Schade, der Fototermin muss heute ausfallen.«
»Da kann man nichts machen«, sagte Kim. »Es tut mir leid, das Ihnen das passiert ist!« Sie begann, vorsichtig ein paar Scherben einzusammeln.
»Pass auf, dass du dich nicht schneidest«, sagte Leonie schnell. »Lass mich das lieber machen.« Sie lief zu einem schmalen Schrank und holte einen Besen und eine Kehrschaufel heraus.
Marie räusperte sich. »Leonie, du wolltest vorhin etwas über Anita sagen.«
Die junge Frau zuckte zusammen. »Ach nein, vergiss es einfach.«
Franzi lehnte sich gegen das Regal und strich nervös über eine Holzkiste. »Meinst du, Anita hat etwas mit dem Puppendiebstahl zu tun?«
»Wie bitte?« Leonies Hand krampfte sich um den Besenstiel. »Ich weiß nicht.« Sie sah Franzi verunsichert an. »Ihr müsst euch doch keine Gedanken darüber machen, was passiert ist. Die Polizei kümmert sich darum.«
Die drei !!! wechselten einen heimlichen Blick.
»Es interessiert uns aber sehr«, sagte Kim. »Wir sind nämlich Detektivinnen und wollen diesen Diebstahl aufklären.«
Leonie blinzelte verwirrt. »Echt jetzt?«

»Ja.« Marie zuckte mit den Schultern. »Ich habe unsere Visitenkarten leider gerade nicht dabei. Aber wir sind wirklich Detektivinnen.«
»Wenn du einen Verdacht hast, musst du uns davon erzählen!« Franzi sah Leonie eindringlich an.
Die junge Frau seufzte. »Ich weiß nicht. Bestimmt habe ich mir einfach nur etwas zusammengereimt.«
»Erzähl doch einfach«, schlug Kim aufgeregt vor.
»Okay«, sagte Leonie gedehnt. »Ich weiß nicht, ob es etwas zu bedeuten hat.« Sie holte tief Luft. Dann sprudelte es aus ihr hervor: »Anita hat mich vor ein paar Wochen angesprochen. Sie hat mich gebeten, dass ich für sie ein gutes Wort bei Elvira einlege. Sie wollte nämlich unbedingt *Coppelia* kaufen!« Leonie stellte den Besen weg. »Anita hatte Elvira schon selbst gefragt. Aber sie wollte ihr die Puppe auf keinen Fall verkaufen. Elvira gibt um kein Geld der Welt auch nur einen ihrer Schätze her. Und *Coppelia* ist ihre absolute Lieblingspuppe!«
»Das ist ja interessant«, sagte Kim.
Leonie nickte. »Deshalb habe ich gesagt, dass es sinnlos wäre, wenn ich mit Elvira rede. Anita hat dann auch nicht mehr weiter gefragt.« Leonie strich sich eine Haarsträhne hinter das Ohr und sprach leise weiter. »Und jetzt wurde *Coppelia* gestohlen und Anita ist spurlos verschwunden. Das ist doch auffällig. Als hätte sie etwas mit dem Diebstahl zu tun und als wollte sie es vermeiden, Elvira zu treffen. Womöglich ist sie mit den Puppen untergetaucht.« Leonie schlug sich die Hand vor

den Mund. »Das ist ein schrecklicher Verdacht. Entschuldigt. Nein, das kann nicht sein.«

Kim schüttelte langsam den Kopf. »Ich finde, dass man das sehr wohl in Betracht ziehen muss.«

»Das meine ich auch!«, rief Franzi.

Marie nickte stumm.

»Wir müssen dahin.« Franzi stieß sich vom Regal ab. »Kennst du die Adresse der Frau?«

Leonie runzelte die Stirn. »Ich glaube, sie hat mal gesagt, dass sie in der Blumengasse hinter dem Marktplatz wohnt. Die Nummer kenne ich nicht. Aber ihr Nachname ist *Kost*.«

»Sehr gut. Die Blumengasse ist nicht lang, da stehen höchstens zehn Fachwerkhäuschen. Die Klingelschilder haben wir schnell durchgesehen.« Franzi trat ungeduldig von einem Bein aufs andere. »Wir fahren sofort hin!«

Kim lief zur Treppe. »Leonie, gibst du bitte Frau Reumann Bescheid und grüßt sie von uns? Wir melden uns, sobald wir mehr wissen!«

Leonie nickte und sah den drei !!! erstaunt hinterher.

Total dreist

Kim sprang vom Rad und stemmte, heftig atmend, die Arme in die Seiten.
Marie klopfte ihr auf die Schulter. »Gut gemacht!«
»Du hast prima mitgehalten«, stellte Franzi fest. Sie sah auf ihre Armbanduhr. »In dreizehn Minuten von der Oststadt bis zum Marktplatz. Das ist beinahe Bestzeit.«
»Danke«, japste Kim. »Ein Lob von euch Sportskanonen ehrt mich sehr.«
Marie entwirrte ihre vom Fahrtwind zerzausten Haare und band sie zu einem Pferdeschwanz zusammen. »Dann wollen wir mal sehen, ob wir Anita Kost zu Hause erwischen.«
»Erst mal müssen wir das richtige Haus erwischen«, murmelte Kim. Sie tupfte sich eine Schweißperle von der Schläfe und deutete auf einen schmalen Durchgang zwischen einem Zeitschriftenladen und einem Feinkostgeschäft. »Dahinter liegt die Blumengasse.«
Schweigend schoben sie die Räder über den Marktplatz und stellten sie vor dem Zeitschriftenladen ab.

»Das Schutzblech hinten an deinem Rad fällt übrigens bald ab«, sagte Marie zu Franzi.
»Weiß ich doch«, antwortete Franzi abwesend. Sie hatten das erste Fachwerkhäuschen in der Gasse erreicht. Franzi sah zum Klingelschild. »Hier wohnt sie schon mal nicht.«
Sie liefen zum nächsten Haus.
»Wie gehen wir vor, wenn wir sie gefunden haben?«, fragte Marie.
Kim sah auf die beiden Namensschilder des Briefkastens am Zaun. »Hier auch nicht«, murmelte sie und lief zum nächsten Haus weiter. »Wir müssen aus der Situation heraus entscheiden. Improvisieren ...«
»Womöglich ist die Frau gar nicht mehr da«, warf Marie ein. »Sondern mit den Puppen über alle Berge.«
Franzi sah sie erschrocken an. »Mal nicht den Teufel an die Wand.« Sie wich einem weißhaarigen Mann aus, der gerade Zeitungen und Werbeprospekte aus dem Briefkasten am Haus vor ihnen gezogen hatte und sich zum Gehen wandte.
Überrascht stellte Kim fest, dass der Mann weiterlief und im Nachbarhaus verschwand. Sie beschleunigte ihre Schritte und warf einen Blick auf den Briefkasten. *»Anita Kost!«*
Marie runzelte die Stirn. »Der Herr eben sah nicht wie ein fieser Posträuber aus. Ich würde sagen, er hat die Post von ihr geholt, weil sie für einige Zeit nicht da ist.«
»Lasst uns trotzdem klingeln«, schlug Kim vor.
Franzi drückte den Knopf neben dem Briefkasten. Ein gedämpfter Gong erklang im Haus.

Die Mädchen warteten.
Nichts tat sich.
Franzi reckte den Hals. »Mist! Reinsehen kann man auch nicht. Die Vorhänge sind alle zugezogen.«
Die Tür vom Haus nebenan wurde geöffnet. Der alte Herr trat hinaus. »Was wollt ihr denn hier?«
Marie lächelte den Mann an. »Guten Tag! Wir sind bei Frau Kost eingeladen. Aber sie macht nicht auf. Wissen Sie, wo sie sein könnte?«
Der alte Herr sah Marie misstrauisch an. »Ich habe euch hier noch nie gesehen. Woher kennt ihr Anita?«
»Wir haben sie im Wasserschlösschen kennengelernt, als sie wegen ihrer Puppenausstellung dort war. Da wir in unserer Schülerzeitung eine Reportage über antike Puppen machen wollen, haben wir mit ihr einen Interviewtermin ausgemacht.«
»Ach, so ist das.« Der Mann schmunzelte. »Ihr seid also auch solch große Puppenfans wie Anita.«
»Ja, schon!«, rief Marie. »Aber wissen Sie nun, wo Frau Kost steckt oder nicht?«
»Die Ärmste«, sagte der ältere Herr. »Sie musste am Blinddarm operiert werden und liegt bis Ende der nächsten Woche im Krankenhaus.« Er fuhr sich mit beiden Händen durchs Haar. »Sie ist Freitagnacht mit dem Taxi hingefahren, weil es ihr so schlecht ging.«
»Oh.« Marie fehlten die Worte.
Kim sprang ein: »In welchem Krankenhaus ist sie denn? Vielleicht können wir sie besuchen.«

»In der *Südklinik*. Aber ruft besser vorher an und fragt, wann ihr vorbeikommen könnt.« Der Mann winkte entschuldigend. »Ich muss rein, ich habe Essen auf dem Herd stehen.«
»Vielen Dank!«, rief Kim.
Die Tür schlug zu.
»Glaubt ihr, das stimmt?« Franzi zog die Augenbrauen hoch. »Ich nicht!«
»Keine Ahnung«, sagte Kim. »Wahrscheinlich hat die Dame ihren Nachbarn angelogen.« Sie zupfte nachdenklich an ihrer Unterlippe.
»Vielleicht ist sie doch in der Klinik«, sagte Marie aufgeregt. »Die Wand. Das Blut. Freitagnacht.«
»Wie bitte?«
»Die Blutspur an der Wand im Schlösschen! Anita Kost könnte sich Freitagnacht beim Einbruch verletzt haben und ist ins Krankenhaus gegangen. Ihren Nachbarn hat sie dann mit der Blinddarmgeschichte angelogen.« Marie zog Kim und Franzi mit sich. »Von wegen anrufen! Wir fahren jetzt zur Klinik und nehmen die Frau unter die Lupe.«
Kim schüttelte Maries Arm sanft ab und blieb stehen. »Da war aber nicht sehr viel Blut. Ich glaube nicht, dass das von einer großen Verletzung her stammt. Jedenfalls von keiner, für die man über eine Woche ins Krankenhaus muss.«
»Auf dem Foto sah es nach viel aus.« Marie zuckte mit den Schultern. »Außerdem könnte es eine kleine, nur leicht blutende Wunde am Kopf gewesen sein, aber eine starke Gehirnerschütterung.«

Kim nickte langsam und zog das Handy aus der Tasche.
»Wir fahren jetzt«, entschied Franzi energisch.
Marie stupste Kim an. »Was macht du da? Googelst du Kopfverletzungen?«
Kim verdrehte die Augen. »Nein. Warte.« Sie tippte auf ihrem Handy. »Hier stehen die Besuchszeiten der Südklinik. Um 18:30 Uhr ist Schluss.«
Franzi sah auf ihre Armbanduhr. »18:25 Uhr. Mist, das wird heute nichts mehr.«
Kim steckte das Handy ein. »Morgen ist auch noch ein Tag. Wenn Frau Kost wirklich im Krankenhaus liegt, läuft sie uns nicht davon.« Sie seufzte. »Und wenn sie nicht dort ist, weiß ich auch nicht weiter.«
»Morgen um 14:00 Uhr vor der Südklinik?« Franzi streckte ihre Hand aus und sah gespannt in die Runde.
Kim und Marie schlugen augenblicklich ein.

Am nächsten Tag erschien sogar Marie pünktlich vor der Klinik. Kim grinste ihre Freundin an. »Es geschehen noch Zeichen und Wunder!«
Marie zog die Augenbrauen hoch. »Das habe ich jetzt einfach überhört.«
»Lasst uns endlich reingehen«, rief Franzi. »Ich bin gespannt wie ein Flitzebogen!«
Kims Herz pochte heftig, während sie auf den Empfangsschalter zuliefen. War Anita Kost wirklich hier?
Marie zupfte nervös am Ärmel ihres Ringelshirts und sah die

Frau hinter der Glaswand an. »Wir möchten Frau Anita Kost besuchen. Ich habe leider die Zimmernummer vergessen.«
Die Frau nickte und tippte auf der Tastatur des Computers.
Kim hielt vor Aufregung die Luft an.
Sekunden verstrichen, die Frau starrte auf den Monitor.
»Da ist sie«, sagte sie schließlich. »Zimmer 114, erster Stock. Gleich links die Treppe rauf.«
»Ja!«, rief Franzi.
Die Frau warf ihr einen irritierten Blick zu.
»Vielen Dank!«, sagte Marie und zog Franzi und Kim schnell mit sich.
Die Detektivinnen eilten in den ersten Stock.
Franzi drückte die breite Glastür auf, die das Treppenhaus vom Krankenzimmerflur trennte.
Der intensive Geruch von Desinfektionsmitteln stieg Kim in die Nase.
Marie sah zum Flurplan an der Wand neben dem Schwesternzimmer. »Wir müssen den Gang rechts hoch.«
Eine halbe Minute später standen die Detektivinnen vor der Tür des Zimmers 114.
»Da wären wir«, wisperte Marie. Sie zögerte. »Wie fangen wir denn an? Ich meine, was sagen wir der Frau?«
Im nächsten Moment wurde die Tür geöffnet.
Eine Krankenschwester trat heraus. Sie hatte eine Schale mit einem Fiebermessgerät in der Hand. »Da kommt ja noch mehr Besuch«, sagte sie freundlich. »Geht ruhig rein, Frau Kost geht es schon viel besser.« Die Frau zog die Tür weiter auf und

nickte ins Zimmer hinein. »Tschüss! Die Nachtschwester misst nachher noch mal.«
»Danke!«, antwortete jemand.
Kim sah ins Zimmer. Augenblicklich blieb ihr der Mund offen stehen.
»Ich fasse es nicht«, zischte Marie.
»Das gibt's ja wohl nicht!«, rief Franzi. »Wie dreist ist das denn?«
Kim kniff die Augen zusammen und schüttelte den Kopf. Als sie die Augen wieder öffnete, war das Bild jedoch immer noch da: Eine Frau mit roten Locken und schmalem, blassem Gesicht saß halb aufgerichtet im Bett und sah sie verwundert an. Daneben stand Thomas, völlig entgeistert. Und auf dem Nachttisch neben dem Bett thronte eine antike Puppe mit langen, rotblonden Haaren und unglaublich blauen Augen.
»*Coppelia*«, hauchte Marie.
»Was macht ihr denn hier?«, fragte Thomas.
Die Frau im Bett richtete sich vorsichtig ein Stück weiter auf. »Du kennst diese Mädchen? Wer seid ihr?«
»Sie haben also tatsächlich die Puppen gestohlen!«, rief Franzi. »Wo haben Sie die anderen versteckt? Im Schrank?«
Thomas schüttelte den Kopf. »Jetzt macht aber mal halblang. Das hier ist eine Nachbildung der originalen *Coppelia.*«
Er nahm die Puppe vorsichtig vom Nachttisch und sah Franzi ernst an. »Es ist schon ein starkes Stück, dass ihr hier reinplatzt und uns des Diebstahls bezichtigt! Anita hat eine Blinddarmoperation hinter sich. Sie muss sich schonen!«

Franzi schluckte.
»Ich habe erst heute Morgen von Anitas Nachbarn erfahren, dass sie in der Klinik ist. Bevor ich hierhergekommen bin, habe ich die *Coppelia*-Replik, an der Anita gerade in der Werkstatt arbeitet, abgeholt und mitgenommen.« Thomas zuckte mit den Schultern. »Damit Anita hier ein bisschen Gesellschaft hat.« Er strich die Haare im Nackenbereich der Puppe zurück. »Seht ihr das eingeprägte R? Das ist die Kennzeichnung für Repliken. Man darf antike Puppen nachbilden, aber dies muss gekennzeichnet werden, um sie klar vom Original unterscheiden zu können.« Er setzte die Puppe vorsichtig wieder auf dem Nachttisch ab.
»Kann mir bitte jemand erklären, was hier los ist?«, fragte Anita.
»Das würde mich auch interessieren. Die Mädchen waren gestern bei uns im Puppen-Workshop, um für eine Reportage zu recherchieren.« Thomas deutete zu einem kleinen Tisch mit vier Stühlen, der vor dem Fenster stand. »Wollt ihr euch setzen und uns erzählen, warum ihr hier auftaucht und glaubt, ich hätte die Puppen von Elvira gestohlen?«
Marie räusperte sich. »Wir dachten eher, dass Frau Kost das war.«
»Wie bitte?« Die blasse Frau sah Marie ungläubig an.
»Also, vielleicht ist das auch alles ein Missverständnis.« Marie setzte sich an den Tisch und schwieg hilflos.
Kim nahm neben ihr Platz. »Frau Kost, es tut mir leid, dass wir hier so reingeplatzt sind. Es ist nur so, dass wir erfahren

haben, dass Sie großes Interesse an der originalen *Coppelia* hatten, aber Frau Reumann sie Ihnen nicht verkaufen wollte.«
Kim schluckte. »Und dann waren Sie plötzlich verschwunden und gleichzeitig waren die Puppen gestohlen worden. Das war einfach verdächtig.«
Anita Kost seufzte. »Ich glaube, ihr habt zu viele Krimis gelesen.« Sie stopfte sich das Kissen in ihrem Rücken zurecht und richtete sich noch ein Stück weiter auf. »Ich habe Elvira tatsächlich gefragt, ob sie mir *Coppelia* verkaufen würde. Doch sie hat mir erklärt, dass sie das nicht möchte, und mir stattdessen vorgeschlagen, dass ich eine Nachbildung anfertigen könne.«
Anita warf der Puppe auf dem Nachttisch einen zärtlichen Blick zu. »Das habe ich dann getan. Und dabei ist etwas Wundervolles passiert. Wie soll ich es sagen? Während ich diese Puppe gestaltet habe, ist sie mir Stück für Stück immer weiter ans Herz gewachsen. Heute ist meine *Constanza* für mich viel liebenswerter als Elviras Original.«
Thomas lächelte. »Wir Puppenmenschen sind etwas speziell.«
»Stimmt.« Anita nickte. »Etwas speziell, vielleicht. Aber ich versichere euch, weder Thomas noch ich kämen jemals auf die Idee, Elviras Puppen zu stehlen.« Sie strich über die Bettdecke.
»Dieser Diebstahl muss fürchterlich für Elvira sein.«
»So ist es«, murmelte Thomas.
»Ich verstehe nicht, wie das überhaupt passieren konnte«, sagte Anita. »Ich bin davon ausgegangen, dass das Wasserschlösschen gut abgesichert ist. Da muss es doch eine Alarmanlage geben.«

»Die gibt es«, antwortete Kim. »Sie war allerdings deaktiviert.«
»Wie bitte?«
»Der Hausmeister hat die Anlage abgeschaltet, weil es im Vorfeld mehrmals falschen Alarm gegeben hatte.«
Anita Kost schlug sich die Hand vor die Stirn. »Wie kann so etwas sein?«
Kim trommelte mit den Fingern leise auf der Tischplatte. *Genau das müssen wir dringend prüfen*, schoss es ihr durch den Kopf.

HPEM

»Jetzt brauche ich erst mal dringend etwas Nervennahrung«, stellte Kim fest, während sie eine halbe Stunde später am Empfangsschalter der Klinik vorbei zum Ausgang liefen.

Ihre Freundinnen verstanden sofort.

»Schoko-Muffins und *Kakao Spezial* im *Café Lomo*«, sagte Marie. »Nichts wie hin!«

Das Stammcafé der Detektivinnen lag nur wenige Fahrradminuten vom Krankenhaus entfernt. Es war, wie an den meisten Nachmittagen, gut besucht.

Zum Glück konnte Franzi den letzten freien Tisch sichern, und die Bedienung war schnell da, um ihre Bestellung aufzunehmen.

Marie ließ sich in den Sessel zurücksinken und runzelte die Stirn. »Wir sind kein Stück weiter.«

»Wenigstens waren Thomas und Anita zum Schluss nicht mehr sauer wegen unserer Aktion«, sagte Kim leise.

Franzi stupste den Zuckerstreuer an. »Was macht euch eigentlich so sicher, dass das mit der Nachbildung und dem Replik-Stempel auch wirklich stimmt?«

Marie schreckte hoch. »Du denkst, die beiden haben uns angelogen und haben die originale *Coppelia* doch?«
Franzi zuckte mit den Schultern. »Ich finde jedenfalls, dass wir Anitas Aussage überprüfen sollten. Wir müssen mit Frau Reumann sprechen.«
»Ich glaube, das ist nicht nötig.« Kim strich über den weichen Samtbezug der Armlehne. »Ich habe mir vorhin die Puppe auf dem Nachttisch genau angesehen. Sind euch die Augen aufgefallen? Sie sehen wunderhübsch aus. Aber die Magie fehlt. Ihre Kristallaugen sind nämlich gerade ausgerichtet, sie hat keinen Silberblick. Das ist nicht *Coppelia*!«
»Jetzt, wo du es sagst, Kim«, murmelte Franzi. »Stimmt.« Sie seufzte.
Die Bedienung brachte eine Platte mit Mini-Schoko-Muffins und drei große Becher *Kakao Spezial*. Das Lieblingsgetränk der Detektivinnen, heiße Schokolade mit einem Hauch Vanillearoma und einer Krone aus knisterndem Milchschaum, verbreitete einen verlockenden Duft.
Kim schnupperte genüsslich. Als sie zu ihrem Becher greifen wollte, vibrierte das Handy in ihrer Hosentasche. Sie zog es hervor.
David hatte geschrieben:

Hey Kim,
hast du dir jetzt die Idee für die Fortsetzung angesehen?
Meld dich doch mal! Kuss, D.

Sofort bekam Kim ein schlechtes Gewissen. Sie hatte komplett verdrängt, dass sie auf Davids Nachricht vom Samstag antworten musste. Den Artikel über elektromagnetische Beeinflussung hatte sie noch in der Nacht gelesen und das Thema faszinierend gefunden. Aber diese zerstörerische High-Power-Electromagnetics-Waffe wollte sie in ihrem neuen Roman immer noch nicht haben. Das war ein Problem.

»Sorry, aber ich muss David kurz antworten«, sagte Kim schnell.

Hey David,
kommst du morgen um 17:00h zu mir und wir bequatschen HPEM?
Kuss, K.

Die Antwort kam umgehend:

HPEM???

Kim tippte:

High Power Electromagnetics!!!

Nach wenigen Sekunden poppte Davids Antwort auf:

Yeah, du bist einverstanden!
Freu mich auf morgen!

Kim legte das Handy auf den Tisch und strubbelte sich durch die Haare.

Franzi stellte ihren Becher ab. »Gibt es ein Problem mit David?«

»Ich glaube, ja.« Kim schob das Handy von sich weg. »Aber das muss ich am Mittwoch lösen.«

»Ich dachte, ihr versteht euch gerade richtig gut«, sagte Marie.

Kim nahm sich einen Mini-Muffin. »Schon. Und irgendwie kriege ich das jetzt auch wieder hin.« Sie ließ das Gebäckstück als Ganzes im Mund verschwinden und kaute genüsslich.

»Du sprichst in Rätseln«, beschwerte sich Marie.

Franzi drehte ihre Tasse in der Hand. »Es ist doch in Ordnung, wenn Kim nicht darüber reden will.«

Marie zuckte mit den Schultern. »Wahrscheinlich hast du recht.«

»Danke!« Kim seufzte. »Wie ist denn bei euch gerade der Stand der Dinge?«

Marie biss sich auf die Lippe. »Ehrlich gesagt will ich auch nicht groß drüber reden.«

»Ich auch nicht«, schloss sich Franzi an.

»Wirklich nicht?« Kim sah ernst in die Runde. »Ist das jetzt, weil ich nichts sagen wollte?«

»Nein!«, riefen Marie und Franzi wie aus einem Mund.

Kim nickte. »Gut. Aber ihr versprecht mir, dass ihr sofort Bescheid gebt, wenn ihr reden wollt?«

»Ja!«, antworteten Marie und Franzi wieder gleichzeitig.

Sie mussten alle drei kichern.

Nach einer Weile wurde Kim wieder ernst. »Wir müssen dringend dem Hausmeister auf den Zahn fühlen. Was haltet ihr davon, wenn wir heute noch zum Wasserschlösschen fahren?«
»Daran habe ich auch gedacht«, sagte Franzi sofort.
Marie trank den Rest ihres Kakaos in einem Zug aus und stellte den Becher energisch auf den Tisch. »Von mir aus kann es losgehen.« Sie holte ihren Geldbeutel aus der Tasche und winkte der Bedienung. »Ich lade euch ein.«
»Super, vielen Dank!«, sagte Kim. Sie sah zu den drei verbliebenen Muffins. »Die müssen wir aber noch vernichten. So viel Zeit muss sein.«
»Keine Frage.« Franzi schob den Teller zu Kim. »Das schaffst du!«
Während Marie bezahlte, verspeiste Kim die restlichen Muffins und Franzi trank ihren Kakao aus.
Dann sprangen sie vom Tisch auf und verließen zügig das Café.

Die Erker und Türme des Wasserschlösschens leuchteten hell in der Nachmittagssonne. Im Schlossteich zogen Enten und Blesshühner gemächlich ihre Bahnen. Ein sanfter Windhauch ließ das Blätterdach der alten Eichen leise rascheln.
Die Absperrbänder waren entfernt worden und das Eingangstor stand offen. Von außen wies nichts mehr am Schlösschen darauf hin, dass hier erst vor Kurzem ein Verbrechen geschehen war.
Gleich im vorderen Bereich der Eingangshalle war jedoch ein

Schild platziert, das darauf aufmerksam machte, dass die Ausstellung im roten Salon bis auf Weiteres geschlossen war.
»Es dauert bestimmt länger, bis die Glasschränke repariert sind und die Verwüstung beseitigt ist«, sagte Franzi. »Diese Diebe sind echte Idioten.«
Langsam liefen die Detektivinnen auf den kleinen Auskunftstresen neben dem Treppenaufgang zu. Eine junge Frau mit langen roten Haaren saß dahinter und las in einer Zeitschrift.
Marie straffte die Schultern. »Ich frage sie, ob sie den Hausmeister holen kann, damit er uns bei Franzis Rad hilft. Mit dem lockeren Schutzblech kann sie ja nicht weiterfahren ...«
»Prima.« Kim nickte. »Und dann verwickeln wir den Mann in ein Gespräch.«
Franzi lachte leise auf. »Das Blech könnten wir echt selber festschrauben. Aber gut. Hauptsache, wir kommen an den Mann ran.«
Als sie den Tresen erreicht hatten, las die junge Frau immer noch aufmerksam in ihrer Zeitschrift.
Marie räusperte sich. »Entschuldigung?«
»Ja?« Die Frau blickte auf und legte das Magazin neben einem Kästchen mit der Aufschrift *Fundstücke* ab. Kim sah, dass das rote Aufgabenheft darin lag, das sie am Freitag unter der Heizung gefunden und an der Garderobe abgelegt hatte.
»Meine Freundin hat ein Problem mit ihrem Fahrrad«, sagte Marie. »Sie kommt so nicht nach Hause. Wir dachten, dass uns vielleicht der Hausmeister helfen kann. Könnten Sie ihn mal herholen?«

Die junge Frau zuckte mit den Schultern. »Unser Hausmeister ist gerade nicht da.«
Enttäuscht sahen sich die drei !!! an.
»Aber ich schau mir das Rad gerne mal an. Ich mache bei meinen Fahrrädern fast alles selber.« Die rothaarige Frau stand auf und schnappte sich ein Mäppchen, das neben der Zeitschrift lag. Kim stellte fest, dass es sich um ein Magazin für Mountainbiker handelte.
»Also, wo habt ihr es abgestellt?«
»Gleich neben dem Eingang«, antwortete Franzi überrumpelt.

»Das ist schnell erledigt«, rief die Frau, nachdem sie einen Blick auf das lose Schutzblech geworfen hatte. Sie wählte einen Schraubenschlüssel aus ihrem Etui aus und zog mit wenigen Handbewegungen das Blech fest.
»Das ist sehr nett von Ihnen, vielen Dank«, sagte Franzi leise.
»Gern geschehen. Und sagt bitte einfach Du, ich bin Olga.« Die junge Frau steckte das Werkzeug zurück ins Mäppchen und lächelte in die Runde. »Jetzt wisst ihr, wie's geht. Beim nächsten Mal könnt ihr das ganz einfach selbst machen. Dafür braucht ihr keinen Hausmeister.«
Marie schaltete schnell. »Ehrlich gesagt hatten wir gehofft, dass wir bei der Gelegenheit ein bisschen mit ihm quatschen könnten. Wir haben Herrn Weigand nämlich letzten Freitag kennengelernt, als im Schloss ein Fehlalarm losging.« Marie dachte kurz nach und sprach dann weiter. »Wir wollten fra-

gen, wie es ihm geht. Das mit dem Alarm hat ihn ziemlich aufgeregt. Und jetzt ist ja noch dieser Diebstahl in der Ausstellung passiert. Ähm. Hab ich in der Zeitung gelesen.«

Olga nickte. »Herr Weigand hat mir heute Vormittag davon erzählt. Ich bin Studentin und helfe nur einmal die Woche hier aus. Daher bekomme ich nicht so viel mit. Das ist schon krass, was da alles vorgefallen ist.«

In der Eingangshalle klingelte das Telefon am Auskunftstresen.

»Ich muss zurück an meinen Platz. War nett, euch kennengelernt zu haben!« Die junge Frau winkte den Mädchen zu und lief schnell die Treppe hinauf.

»Wann ist Herr Weigand denn wieder da?«, rief Kim ihr hinterher.

Aber Olga war bereits im Schlösschen verschwunden.

»Los, noch mal rein«, sagte Kim. »Wir müssen wissen, wann wir den Hausmeister erwischen können.«

Die Studentin legte gerade den Telefonhörer auf, als die Detektivinnen den Auskunftsschalter erreichten. »Da seid ihr ja wieder! Was gibt's denn noch?«

»Weißt du, wann Herr Weigand wieder hier sein wird?«, fragte Kim.

»Keine Ahnung.« Olga zögerte einen Moment. »Er wurde von der Polizei aufs Revier einbestellt«, sagte sie schließlich. »Also, als Zeuge, nicht als Verdächtiger. Ich weiß nicht, wie lange so ein Gespräch dauert.«

Kim warf Franzi und Marie einen vielsagenden Blick zu.

»Herr Weigand ist wirklich am Boden«, erzählte Olga weiter. »Er hat mir gesagt, dass die Fehlalarme von den Dieben mit Absicht hervorgerufen wurden, damit jemand entnervt die Anlage ausschaltet.« Sie seufzte. »Und dieser Jemand war Herr Weigand. Er tut mir so leid! Es ist ihm total peinlich, dass er auf den Trick reingefallen ist.«

Die drei !!! nickten stumm.

»Aber es ist irgendwie noch komplizierter«, sagte Olga und runzelte die Stirn. »Darum musste er heute zur Polizei.«

»Was ist denn so schwierig?«, fragte Kim gespannt.

»Ich habe es nicht ganz genau verstanden. Herr Weigand hat erzählt, dass gestern ein Techniker von der Firma da war, die die Alarmanlage betreut. Er hat den Computer ausgelesen, der die Anlage steuert. Und da gab es Unklarheiten.«

»Unklarheiten?«, wiederholte Kim. »Was denn für welche?«

Olga zuckte mit den Schultern. »Diese falschen Alarme sind entstanden, weil es drei Mal ein Störsignal direkt an der zentralen Stelle des Alarmsystems im Technikraum gab.« Die junge Frau verdrehte die Augen. »Interessiert euch das wirklich?«

Kim nickte. »Auf jeden Fall. Ich, ähm, schreibe Krimis und da kann ich solche Informationen gut gebrauchen.«

»Wow!« Die Studentin sah Kim beeindruckt an. »Also gut. Die Störimpulse sind direkt an der zentralen Anlage eingegangen. Das bedeutet, dass jemand unten im Kellergeschoss im Technikraum gewesen sein muss und den Computer absichtlich manipuliert hat. Der Raum ist aber immer abgeschlossen.

Den einzigen Schlüssel dazu hat Herr Weigand. Er trägt ihn immer bei sich.«
»Dann liegt es nahe, dass der Hausmeister die Anlage manipuliert hat«, sagte Kim.
»Schon. Aber ich kann mir das einfach nicht vorstellen!« Olga schüttelte den Kopf. »Außerdem glaube ich auch nicht, dass Herr Weigand dafür ausreichende Computerkenntnisse hat.« Die junge Frau strich sich eine Strähne ihrer rotbraunen langen Haare aus der Stirn. »Und es gibt es noch etwas: Der Techniker meinte, dass irgendein elektromagnetisches Feld die Funktion des Computers beeinflusst haben könnte. Allerdings haben sie im Technikraum kein Gerät gefunden, das die Quelle für solch eine Strahlung sein könnte.«
Kim erinnerte sich sofort an den Artikel, den sie Samstagnacht gelesen hatte. »Das Gerät muss nicht im Raum sein«, murmelte sie vor sich hin. »Es könnte sich auch draußen im Gang in der Nähe befinden. Sehr starke elektromagnetische Impulse wirken auch über mehrere Meter Entfernung. Sogar durch Türen und Wände, wenn sie dünn sind.«
Marie und Franzi blieb der Mund offen stehen.
»Du kennst dich aber aus!« Olga staunte. »Das mit den starken Impulsen hat Herr Weigand auch erwähnt. Er hat einen total abgefahrenen Begriff genannt …«
»*HPEM*«, sagte Kim. »*High Power Electromagnetics* – oder *elektromagnetische Hochfrequenzbeeinflussung.*«
»Ja! Das war's!« Olga starrte Kim ungläubig an. »Es ist echt der Wahnsinn, was du alles weißt.«

»Ich habe neulich etwas darüber gelesen. Es gibt Geräte, die durch die gezielte Aussendung von Signalen die Funktion von elektronischen Systemen stören können. Das wird zum Beispiel in der Abwehr von Spionage-Drohnen eingesetzt.« Kim zupfte an ihrer Unterlippe. »Diese Geräte sind aber ziemlich groß und unhandlich, wenn ich das richtig verstanden habe. Das wäre bestimmt aufgefallen, wenn jemand hier im Schlösschen mit solch einem Apparat durch die Gegend gelaufen wäre.«
»Das hat Herr Weigand auch gesagt.«
Die Gedanken schwirrten Kim nur so durch den Kopf. Sie kniff die Augen zusammen und dachte scharf nach. »Hast du gesagt, dass der Technikraum im Keller ist?«
»Ja. Ganz hinten. Noch hinter den Toiletten und der Garderobe.«
Plötzlich erschien ein Bild vor Kims innerem Auge: der Junge mit dem großen Akkordeon-Kasten! Ihr Puls schnellte hoch.
»Also, das ist jetzt vielleicht etwas verrückt«, sagte Kim leise. »Aber ich habe am Freitagabend im Kellergeschoss einen Typen getroffen, der einen Koffer für ein Akkordeon bei sich hatte. Er meinte, dass er zum Musikunterricht muss, ist aber in Richtung des Technikraums gelaufen.«
»Du denkst, er hat solch ein Störgerät in dem Kasten transportiert?«, fragte Marie atemlos.
Kim nickte. »Das könnte doch sein!«
»Wie krass!«, rief Olga. »Das musst du der Polizei erzählen!«
»Hm«, sagte Kim gedankenverloren. Ihr Blick fiel auf das

Aufgabenheft in dem Kästchen hinter dem Tresen. Plötzlich durchfuhr sie ein Gedanke. »Darf ich das rote Heft da mal haben?«
Olga runzelte die Stirn. »Was willst du denn jetzt damit?«
»Ich glaube, der Typ hat es am Freitag im Keller verloren. Jedenfalls habe ich es dort gefunden, nachdem er mit David zusammengestoßen war und sie die Notenblätter wieder eingesammelt hatten.« Kim bemerkte die verständnislosen Blicke von Marie, Franzi und Olga. Sie winkte ab. »Vergesst es einfach. Ich denke jedenfalls, dass das Heft dem Typen gehören könnte. Ich will nachsehen, ob womöglich eine Adresse drinsteht.«
Sprachlos reichte Olga das kleine Heft über den Tresen.
Kim nahm es an sich und biss sich auf die Lippen. Gespannt schlug sie es auf. »Tatsächlich!«
Auf der Innenseite des Deckels waren in krakeliger Schrift ein Name und eine Anschrift notiert: *L. Bergemann, Alleenring 14.*
Franzi schlug Kim auf die Schulter. »Du bist genial!«
»Ich weiß nicht.« Kim sah sie zweifelnd an. »Die Handschrift sieht ziemlich kindlich aus. Das passt nicht gerade zu dem Typen. Der war bestimmt schon 17 oder 18. Vielleicht gehört das Heft doch nicht ihm.«
Franzi zuckte mit den Schultern. »Mein Bruder ist noch älter und seine Handschrift ist auch so krakelig. Ich bin dafür, dass wir zu der Adresse fahren und nachsehen.«
Olga zog die Augenbrauen hoch. »Das ist wohl eher Sache der Polizei.«

»Stimmt«, sagte Kim und steckte das Heft schnell ein. »Wir fahren gleich zum Revier und geben es dort ab!« Sie tauschte einen heimlichen Blick mit Marie und Franzi.
Bevor Olga etwas erwidern konnte, verabschiedeten sich die Detektivinnen herzlich und liefen schleunigst hinaus.

Wie konnte das passieren?

»Wir fahren jetzt aber nicht wirklich zum Polizeirevier, sondern zum Alleenring?«, erkundigte sich Marie unsicher, während sie die Räder über die Steinbrücke schoben.
»Natürlich nehmen wir erst diese Adresse unter die Lupe«, sagte Kim. »Ich will wissen, ob die Spur uns überhaupt weiterbringt. Den Kommissar können wir immer noch einweihen, wenn wir mehr herausgefunden haben.«
Franzi hatte als Erste das Ende der Brücke erreicht und stieg auf ihr Rad. »Der Alleenring fängt beim Osttor vom Jakobipark an, oder?«
»Richtig«, sagte Marie. »Wir können einfach auf dem Hauptweg bis ans andere Ende vom Park fahren.«

Zehn Minuten später standen die Detektivinnen vor einem modernen Einfamilienhaus mit gepflegter Fassade.
Marie pfiff durch die Zähne. »Nettes Haus.«
Neben der Eingangstür, deren Seiten zwei sorgfältig gestutzte Buchsbäumchen flankierten, war ein Messingschild befestigt.

»*Rechtsanwaltskanzlei Bergemann*«, las Kim. Sie zog das Aufgabenheft aus ihrem Rucksack und drückte auf die Klingel. »Da bin ich mal gespannt.«

Nach kurzer Zeit wurde die hochglanzlackierte Tür geöffnet und ein Mädchen streckte den Kopf heraus. Es war ungefähr neun Jahre alt und hatte kurze dunkle Locken und große braune Augen. Es sah die drei !!! enttäuscht an und drehte sich zum Flur um. »Immer noch nicht Malte!«

»Lara!«, rief eine Frauenstimme. »Du sollst doch nicht einfach die Tür aufmachen!«

Eine zierliche Frau erschien hinter dem Mädchen. Sie trug einen eleganten Hosenanzug und eine weiße Bluse mit hellblauen Streifen. Ihre Haare und Augen waren von der gleichen Farbe wie die des Mädchens. »Und dein Bruder schreibt an seiner Hausarbeit für die Uni, das habe ich dir doch gesagt.«

»Nein!«, rief das Mädchen. »Malte ist verschwunden.«

»Hör bitte damit auf«, sagte die Frau. Sie legte die Hände auf die Schultern des Kindes und sah die drei !!! fragend an. »Was möchtet ihr denn?«

»Frau Bergemann?« Kim hielt das rote Heft hoch. »Das haben wir im Wasserschlösschen gefunden. Ihre Adresse steht drin. Wir dachten, wir bringen es einfach vorbei.«

Die Frau sah überrascht auf das Heft.

»Das ist meins!«, rief das Mädchen. »Das hab ich schon überall gesucht! Woher habt ihr das?«

Bevor Kim antworten konnte, nahm die Frau ihr das Heft aus der Hand. »Das ist wirklich ausgesprochen nett von euch. Vie-

len Dank!« Sie sah ihre Tochter fragend an. »Du bist doch sonst zuverlässig. Wie konnte das denn passieren? Aber gut. Geh bitte schnell in die Küche und lass dir von Sabine drei Tafeln Schokolade für die Mädchen geben.«
»Ich passe auf meine Sachen auf«, sagte Lara mit einem trotzigen Gesichtsausdruck. »Ich verstehe das nicht. Das Heft war plötzlich nicht mehr in der Akkordeontasche.« Das Mädchen kniff die Lippen zusammen zu und verschwand im Flur.
»Das kann ja mal vorkommen, dass man etwas verliert«, sagte Kim leise.
Die zierliche Frau atmete hörbar ein. »Nein. Das sollte nicht passieren. Ich lege großen Wert auf Ordnung und Zuverlässigkeit.«
Kim schluckte. In ihr herrschte gerade ein Gefühlschaos. Frau Bergemann war ja noch strenger als ihre eigene Mutter. Lara tat ihr leid. Sie schien ehrlich entrüstet zu sein über das unerklärliche Verschwinden ihres Aufgabenheftes.
Kim überlegte, was sie zu dem Mädchen sagen konnte, wenn es wieder zurückkam. Andererseits musste sie unbedingt die Sprache auf den Bruder bringen. War dieser Malte der Junge, den sie am Freitag im Schlösschen gesehen hatte? Hatte er sich Laras Akkordeonkasten geschnappt, um darin den Störsender zu verstecken? Sie mussten danach fragen, wie Malte aussah, oder sich ein Foto von ihm zeigen lassen. Aber wie konnten sie das anstellen?
Lara erschien wieder an der Tür. Sie hielt drei große Tafeln Schokolade in den Händen.

»Jetzt kannst du dich bedanken«, sagte Frau Bergemann leise zu ihrer Tochter.
Das Mädchen verzog das Gesicht und reichte Kim die Schokolade. »Danke.«
»Wir sagen Danke!« Kim lächelte das Mädchen an. »Und mach dir nichts draus, bei mir verschwinden auch öfter Sachen.« Sie atmete tief durch. »Apropos: Warum denkst, du denn, dass dein Bruder Malte verschwunden ist?«
»Er ist seit Samstag weg und geht nicht an sein Handy.« Lara sah betrübt zu Boden. »Das ist nicht normal. Wenn ich ihn anrufe, geht er sonst immer ran.«
Frau Bergemann seufzte. »Du hast einfach eine blühende Fantasie. Malte ist für ein paar Tage in unser Waldhäuschen gefahren, um dort endlich seine Hausarbeit für die Uni fertig zu schreiben.« Sie zog Lara an sich und strich ihr über die Schulter. »Er kommt bald wieder. Bis dahin sollten wir ihn in Ruhe lassen.« Sie sah die drei !!! an. »Habt nochmals vielen Dank. Bitte entschuldigt mich, ich habe einen Klienten in der Kanzlei sitzen. Auf Wiedersehen!«
»Aber ...«, setzte Kim an.
Die Tür fiel mit einem satten Klackgeräusch ins Schloss.
Durch das Türblatt drangen die Stimmen von Mutter und Tochter, die zu streiten schienen. Sie wurden leiser und leiser und waren schließlich nicht mehr zu hören.
»Mist«, fluchte Kim.
»Wir klingeln noch mal«, sagte Franzi.
Kim schüttelte den Kopf. »Ich glaube, das hat im Moment

keinen Sinn. Wir kommen da nicht weiter. Frau Bergemann glaubt fest daran, dass ihr Sohn sich zum Lernen zurückgezogen hat.«

»Vielleicht ist das ja auch so«, gab Marie zu bedenken. »Lasst uns mal ein Stück weitergehen und in Ruhe reden.«

Die Detektivinnen liefen zu einer Holzbank, die ganz in der Nähe am Rand des Gehwegs aufgestellt war, und setzten sich. Kim riss das Papier einer der Schokoladentafeln auf und hielt sie Marie und Franzi hin.

Nachdem ihre Freundinnen je einen Riegel abgebrochen hatten, nahm Kim sich ebenfalls ein Stück. »Vielleicht ist alles ein blöder Zufall und wir verfolgen mal wieder eine falsche Spur.«

Marie pickte ein Stück Papier von ihrem Riegel und steckte es ein. »Du meinst, Lara hat das Heft doch selber im Schlösschen verloren und es lag da schon eine Weile? Und der Typ mit dem Akkordeonkasten ist ganz einfach ein Musikschüler, der zufällig vorbeikam?«

»So ähnlich.« Kim biss ein Stück von ihrem Schokoladenriegel ab.

Franzi sah zur gegenüberliegenden Straßenseite und ihr Blick fiel auf ein buntes Plakat, das an einer Laterne angebracht war. »Merkwürdig ...«, fing sie an, doch in der nächsten Sekunde wurde sie von Marie unterbrochen.

»Da drüben ist Lara!« Marie sprang auf. »Sie holt ein Fahrrad aus dem Carport.«

»Nichts wie hin!« Kim stopfte die Schoko-Tafeln in ihren Rucksack und stand auf.

Als Lara die Mädchen bemerkte, zuckte sie erschrocken zusammen. »Bitte sagt meiner Mutter nichts«, flehte sie. »Ich will zur Waldhütte fahren und nach Malte gucken.«
Kim nickte langsam. »Du magst deinen großen Bruder sehr, stimmt's?«
»Ja!« Lara wischte sich eine Träne aus den Augen. »Malte ist der beste große Bruder, den ihr euch vorstellen könnt! Er ist total lustig, er ist nett, stark und schlau und weiß ganz viel. Er hat mir ein fliegendes Haus im Flüsterbaum gezeigt und eine Höhle mit einer Eule drin.« Lara seufzte. »Früher hat er ganz viel mit mir zusammen unternommen. Seitdem er zu der doofen Universität geht, hat er leider weniger Zeit für mich. Aber er hat sich noch nie so lange nicht gemeldet.« Sie stieg auf ihr Rad. »Ich fahre jetzt.«
»Warte mal«, sagte Kim. »Hast du ein Foto von Malte?«
»Klar.« Lara griff in eine Seitentasche ihres Rucksacks und zog ein Handy heraus. Sie wischte auf dem Display und hielt es den drei !!! hin.
Auf einer Großaufnahme lächelte ihnen das Gesicht eines dunkelhaarigen, ungefähr siebzehn Jahre alten Jungen entgegen.
»Das ist Malte«, sagte Lara stolz.
»Er sieht wirklich nett aus«, stellte Marie fest.
Kim starrte auf das Bild. Auf der Stirn des Jungen war, knapp unterhalb des Haaransatzes, eine feine Narbe zu sehen. Ihr wurde eiskalt – und kurz darauf heiß. Das war eindeutig der Typ mit dem Akkordeonkoffer, den sie am Freitag unten im Keller des Wasserschlösschens gesehen hatte.

Die Antwort war Stille

Kim versuchte sich ihre Aufregung nicht anmerken zu lassen. Sie konnte Lara jetzt wirklich nicht erzählen, dass sie ihren Bruder verdächtigte. Das Mädchen machte sich ohnehin schon große Sorgen.

Ihren Freundinnen nickte Kim jedoch ganz leicht zu. Die beiden verstanden sofort.

»Weißt du was?«, sagte Marie. »Ich finde, du solltest jetzt nicht mehr zum Waldhaus fahren. Es gibt bestimmt bald Abendessen bei euch. Wenn du nicht da bist, macht sich deine Mutter Sorgen.«

»Wir essen erst um acht«, entgegnete Lara. »Bis dahin bin ich bestimmt zurück.«

Marie schüttelte den Kopf. »Du solltest um die Uhrzeit nicht allein durch den Wald radeln. Kim, Franzi und ich fahren für dich hin. Wir gucken nach Malte. Okay?«

»Ihr glaubt also auch, dass ihm etwas passiert ist?« Laura schluckte schwer und sah die drei !!! aus großen Augen an. Ihre Hände krampfte sie um den Fahrradlenker.

»Nein, eigentlich nicht«, beruhigte Kim das Mädchen. »Aber wir sehen, dass du dir Sorgen machst. Wir wollen dir helfen.«
Auf Laras Gesicht erschien ein kleines Lächeln. »Das ist nett von euch.«
»Kannst du uns erklären, wie wir zu eurem Waldhäuschen kommen?«
Lara nickte. »Mit dem Rad dauert es ungefähr eine halbe Stunde. Kennt ihr den Waldkindergarten?«
»Ja«, sagte Marie. »Da geht mein kleiner Bruder hin.«
Das Mädchen nickte. »Ich war früher auch dort. Der ist toll. Also, ihr müsst dorthin und dann durch den Wald bis zum Rand, wo das alte Jagdhaus mit dem großen Geweih steht. Wisst ihr, was ich meine?«
»Du meinst die *Waldwirtschaft Hirschen*?«, fragte Marie nach.
»Genau. Der Weg davor führt in einen Birkenwald. Man muss geradeaus fahren. Nach ungefähr zwei Minuten kommt eine Abzweigung bei einem kleinen Parkplatz nach rechts, dann geht es links, dann wieder rechts, aber nicht ganz, sondern nur ein bisschen …«
»Stopp!«, rief Marie. »Jetzt komme ich nicht mehr mit.«
Lara runzelte die Stirn. »Der Waldweg Nummer 7 ist total leicht zu finden!«
Kim stutzte. »Es gibt sogar eine Adresse? Warum hast du das denn nicht gleich gesagt?« Sie zog ihr Handy aus der Tasche.
»Du wolltest, dass ich euch den Weg erkläre!«
»Ja, ist schon okay.« Kim unterdrückte ein Lächeln. Sie gab die Adresse in die Wege-App ein und speicherte die Route.

»Und jetzt fotografiere ich noch das Bild von Malte ab. Falls wir jemanden nach ihm fragen müssen.«
Lara hielt Kim das Handy hin.

Minuten später waren die Detektivinnen auf ihren Fahrrädern in Richtung des Waldkindergartens unterwegs. Sie hatten Lara versprochen, dass sie sich spätestens am nächsten Tag bei ihr melden würden.
Nach einer Viertelstunde hatten sie den bunt bemalten Bauwagen des Waldkindergartens hinter sich gelassen und fuhren auf dem breiten Forstweg, der zur Gastwirtschaft führte.
Die Sonne stand bereits tief. Die Bäume und Sträucher am Wegesrand warfen lange Schatten, die sich zu immer neuen, wirren Mustern auf dem Boden formten.
Kim kniff die Augen zusammen und trat kräftig in die Pedale.
An der Waldwirtschaft hielten die Detektivinnen kurz an. Kim sah auf ihr Handy am Lenker und prägte sich die Route für den letzten Teil des Weges durch den Birkenwald ein. Sie nickte. »Weiter geht's!«
Die Wege waren schmal, aber asphaltiert, die Mädchen kamen schnell voran. Nach zehn Minuten hatten sie eine Gabelung erreicht, an der ein Pfosten mit einem Pfeilschild zum *Waldweg* wies.
Sie bogen in den breiten Pfad ein. Mehrere Holzhäuser mit spitzen Dächern und kleinen Schornsteinen tauchten auf. Das Haus mit der Nummer sieben lag ganz am Ende des Waldweges.

Kim sprang vom Rad und sah sich um. Kein Mensch war zu sehen. »Die Leute kommen wahrscheinlich nur an den Wochenenden oder in den Ferien hierher«, mutmaßte sie.
»Oder zum Lernen?« Marie hängte ihren Fahrradhelm an den Lenker und reckte den Hals. »Ich bin gespannt, ob dieser Malte wirklich hier ist.«
Ein gekiester Weg führte über die mit Wildblumen übersäte Wiese zu dem großen, dunklen Holzhaus. An den Fenstern hingen karierte Gardinen, und ein Trockenblumenstrauß zierte die Eingangstür.
Marie blieb abrupt stehen. »Ich glaube, die Tür ist einen Spalt offen«, flüsterte sie.
Kim sah genau hin. »Du hast recht.«
»Sollen wir rufen?« Franzi tappte aufgeregt von einem Bein auf das andere.
Kim nickte.
»Hallo!«, sagte Marie laut. »Ist jemand da?«
Sekunden verstrichen, nichts tat sich.
»Hallo, hallo!«, versuchte es Marie erneut.
Die Antwort war Stille.
»Jetzt reicht's mir«, murmelte Franzi. Sie lief los.
Kim hielt sie zurück. »Wir müssen vorsichtig sein. Wer weiß, was da los ist. Lass uns erst durch die Fenster reinsehen!«
Die Detektivinnen umrundeten das Haus und spähten durch die Fenster.
Durch das erste erblickten sie eine große Wohnküche. In der Spüle lag benutztes Geschirr und ein Topf stand auf dem Herd.

»Hier war vor Kurzem jemand«, wisperte Franzi.
»Oder ist noch da«, warnte Kim.
Sie schlichen weiter. Durch die nächsten Fenster sahen sie zwei Räume mit je einem Doppelbett. Die Betten waren nicht bezogen. Es folgte ein kleines Fenster, das den Blick in ein geräumiges Bad freigab. Am Waschbecken stand ein Becher mit einer Zahnbürste darin.
Marie war schon beim nächsten Fenster. Sie winkte aufgeregt.
»Noch ein Schlafzimmer. Das Bett ist bezogen und die Bettwäsche zerknautscht.«
»Alles klar«, sagte Franzi. »Dieser Malte war hier, aber jetzt ist er weg. Lasst uns im Haus nachsehen, ob wir etwas finden.«
»Okay«, antwortete Kim mit belegter Stimme. »Auch wenn das Hausfriedensbruch ist und ich kein gutes Gefühl dabei habe.«
Marie hielt ihr Handy hoch. »Ich kann jederzeit die Kurzwahl für Kommissar Peters aufrufen.«
»Kommt!« Franzi verschwand um die Ecke.
Als Kim und Marie beim Eingang angekommen waren, hatte Franzi die Tür bereits weit geöffnet.
»Hallo!«, rief sie in den Raum hinein.
Als sich wieder nichts tat, betrat Franzi die Wohnküche.
»Du bleibst hier stehen und hältst dich für einen Notruf bereit«, sagte Kim zu Marie. »Ich gehe jetzt auch rein.«

Fünf Minuten später hatten Kim und Franzi einen Blick in alle Zimmer des Hauses geworfen. Niemand war da.

»Der Topf auf dem Herd ist noch ein ganz kleines bisschen warm«, stellte Franzi fest. »Wahrscheinlich war Malte noch vor Kurzem hier und hat etwas gegessen. Vielleicht ist er zum Einkaufen und kommt bald zurück. Wir warten auf ihn.«

»Es ist seltsam, dass die Tür nicht richtig geschlossen war«, gab Marie zu bedenken.

Franzi zuckte mit den Schultern. »Das könnte ein Versehen gewesen sein.« Sie sah zur Spüle und stutzte. »Was ist das?«

Kim lief zu ihr und sah ihr über die Schulter.

Vier Papierschnipsel lagen neben einem Teller mit Resten von Nudeln mit Tomatensoße.

»Das ist ein Foto.« Franzi begann die Teile zusammenzulegen.

Nachdem sie die Schnipsel richtig zusammengefügt hatte, war das Motiv gut zu erkennen. Drei kleine Jungs saßen dicht nebeneinander auf einem liegenden Baumstamm und grinsten in die Kamera. Der dunkelhaarige Junge in der Mitte hatte ein großes Pflaster auf der Stirn und deutete stolz mit beiden Händen darauf.

Franzi sah ihre Freundinnen ratlos an. »Ein zerrissenes Kinderfoto. Was soll das?«

Kim beugte sich näher heran. Der kleine Junge mit dem Pflaster zog ihren Blick auf sich. Sie holte ihr Handy heraus und wischte zu dem Bild von Malte, das sie abfotografiert hatte.

In dem Moment schnippte Marie mit dem Finger. »Der Junge mit der Stirnverletzung, das ist doch Malte in klein!«

»Das habe ich auch gerade gedacht. Die Augenpartie und das

Kinn würden passen.« Kim hielt das Handy mit dem Foto neben die zusammengesetzten Schnipsel.
»Stimmt. Das ist er«, murmelte Franzi. »Wo der kleine Junge das Pflaster kleben hat, ist beim älteren Malte eine Narbe.«
»Warum zerreißt er ein altes Foto von sich und seinen Kumpels?«, fragte Marie. Sie sah noch einmal konzentriert auf das Bild. »Der Junge rechts kommt mir irgendwie bekannt vor.«
Franzi zuckte mir den Schultern. »Rote Haare, Sommersprossen. Du denkst an mich!«
Marie lachte. »Nein. Ich glaube, ich meine den Enkel von Frau Reumann. Wie hieß er noch mal?«
»Torben«, sagte Franzi. »Aber das wäre ja ein riesiger Zufall.«
Kim griff zu ihrem Handy und wollte es wieder einstecken. Sie verfehlte die Hosentasche und das Gerät fiel zu Boden. »Mist!« Schnell bückte sie sich und hob es auf.
Das Handy schien zum Glück nicht beschädigt zu sein, nur das Display hatte sich geändert. Es zeigte jetzt eines der Fotos, die sie am Samstag bei Frau Reumann gemacht hatte; das Zwillings-Puppenpaar mit den silbernen Blumenkörbchen.
Kim sah nachdenklich darauf. Hoffentlich konnten sie *Lilly & Anna* und die anderen Puppen bald ihrer Besitzerin zurückbringen.
Plötzlich tauchte ein Bild vor Kims innerem Auge auf: eine Hand, die ein kleines silbernes Körbchen mit rosafarbenen Blüten nahm und es schnell in einen Karton legte. Kim schüttelte den Kopf. Was war das jetzt?

»Kim?«, fragte Marie. »Alles klar bei dir?«
»N…nein«, stammelte Kim. Sie betrachtete die Körbchen auf dem Foto und dachte scharf nach.
Plötzlich fiel es ihr wie Schuppen von den Augen. »Gestern. Im Keller von Frau Reumann. Das Blumenkörbchen.«
Franzi sah Kim erstaunt an. »Was ist denn mit dir los?«
Kim vergrößerte das Foto und zeigte es Franzi. »Die Blumenkörbchen der Zwillingspuppen! Ich glaube, eines davon hat Erika gestern im Keller von Frau Reumann gefunden. Sie hat es Leonie gegeben und die hat es ganz schnell in einem Karton verschwinden lassen.«
Aufgeregt trommelte Kim mit den Fingern auf der Spüle. »Was ist, wenn das Körbchen dort lag, weil es unbemerkt heruntergefallen ist, als die gestohlenen Puppen im Keller versteckt wurden?«
Franzi riss die Augen auf. »Du meinst, Elvira Reumann und Leonie haben die Puppen selber gestohlen?«
»Ich weiß nicht. An Elvira Reumann hatte ich weniger gedacht.« Kim wuschelte sich durchs Haar. »Aber an Leonie.«
»Das wäre ungeheuerlich.« Marie atmete scharf aus und betrachtete das vergrößerte Foto. »Ich habe gestern nicht darauf geachtet. War das wirklich eins von den Körbchen hier?«
»Es sah genauso aus.« Kim hob die Hände. »Aber mir fällt gerade ein, dass das auch wieder eine Nachbildung sein könnte und nicht das Original.«
Für eine Weile herrschte nachdenkliches Schweigen.
Franzi unterbrach es mit einem Fingerschnipsen. »Leute, mir

kommt Leonies Verhalten, im Nachhinein betrachtet, ziemlich merkwürdig vor! Als Erika gesagt hat, dass wir uns unbedingt den Keller ansehen müssen, war Leonie ganz plötzlich an unserer Seite und meinte, dass sie auch gerade in den Keller wollte.« Franzi kniff die Augen zusammen. »Als ob sie Erika und uns nicht alleine dort runterlassen wollte. Weil sie Sorge hatte, dass wir uns umschauen und etwas entdecken könnten.«
»Die Puppen«, hauchte Marie.
»Wäre doch möglich!«, rief Franzi.
Kim massierte sich die Schläfen. »Die Geschichte mit Anita Kost kommt mir auch seltsam vor. Ich hatte bislang angenommen, dass Leonie einfach nicht mitbekommen hat, dass Anita gar kein Interesse mehr an *Coppelia* hat.« Kim seufzte. »Aber könnte es nicht auch sein, dass Leonie uns mit voller Absicht auf eine falsche Fährte locken wollte …«
»Um von sich selbst abzulenken«, ergänzte Franzi.
Marie runzelte die Stirn. »Ich kann einfach nicht glauben, dass Leonie so etwas getan haben soll.« Sie schien angestrengt nachzudenken. Dann fragte sie unsicher: »Hat Elvira Reumann nicht erzählt, dass Leonie und Torben bei der langen Filmnacht im Kulturzentrum waren? Von Freitagnacht auf Samstagmorgen. Also hat sie für den Tatzeitraum ein Alibi.«
»Das wäre aber ziemlich schwach«, sagte Kim sofort. »Sie kann locker zwischendurch verschwunden gewesen sein.«
»Das mit der Filmnacht ist überhaupt kein Alibi«, platzte Franzi heraus. »Es ist sogar eher etwas, das Leonie verdächtig macht.«

Marie und Kim sahen Franzi verdutzt an.
»Das verstehe ich jetzt nicht«, sagte Kim.
»Mir ist vorhin, als wir auf der Bank saßen, etwas aufgefallen. Ich bin dann abgelenkt worden, weil Lara aus dem Haus kam und wir die Suche nach Malte gestartet haben. Deshalb habe ich es erst mal wieder vergessen.« Franzi zupfte an einem ihrer Zöpfe. »Die lange Filmnacht hat am Freitag gar nicht stattgefunden! Sie ist wegen eines Wasserschadens im Kulturzentrum ausgefallen und wird erst in vier Wochen stattfinden.«
»Woher weißt du das?«, fragte Marie erstaunt.
»Neben dem Haus von Lara hing ein Plakat an einer Laterne. Darauf war die Ankündigung für die lange Filmnacht. Sie war mit dem Hinweis überklebt, dass sie nachgeholt wird.« Franzi zog die Augenbrauen hoch. »Es kommt mir so vor, als hätte Leonie sich ein Alibi organisieren wollen. Dass die Veranstaltung verschoben wurde, hat sie wohl nicht mitbekommen.«
Marie zog einen Hocker unter der Spüle hervor und setzte sich. »Hat sie dann Torben eingeweiht?« Sie rutschte nervös auf dem Sitz hin und her. »Oder ist er sogar Mittäter? Der Kommissar sagte, dass die Spuren auf zwei Diebe hinweisen.«
Kim zuckte mit den Schultern. »Gute Frage.«
Plötzlich setzte sich Marie kerzengerade auf. »Und jetzt noch etwas: Steckt Malte mit den beiden unter einer Decke?« Sie tippte aufgeregt auf das zerrissene Foto. »Der kleine Rothaarige könnte doch wirklich Torben sein. Wenn Malte und er sich als Kinder kannten, sind sie womöglich auch heute noch befreundet ...«

»… und könnten den Raub gemeinsam mit Leonie durchgezogen haben«, platzte Franzi dazwischen. »Malte hat die Alarmanlage manipuliert und Leonie und Torben haben die Puppen gestohlen.«
Marie verschränkte die Arme vor der Brust. »Ziemlich verrückte Theorie. Dennoch möglich.«
»Schon.« Kim schüttelte langsam den Kopf. »Wir müssen aufpassen, dass wir uns nicht in irgendwelche Annahmen verrennen.« Sie sah Franzi und Marie nachdenklich an. »Was hätten die drei denn überhaupt für ein Motiv? Und warum sollten sie die Puppen ausgerechnet im Keller von Frau Reumann verstecken? Das ist doch absurd.« Kim knetete ihre Unterlippe. »Andererseits ist da dieses Blumenkörbchen. Und es ist nicht von der Hand zu weisen, dass Leonies Verhalten mehr als eine Frage aufwirft.«
»Allerdings.« Franzi nickte. »Wir müssen im Keller von Frau Reumann nach den Puppen suchen.« Sie blickte hastig auf ihre Armbanduhr. »Wir vergeuden hier nur wertvolle Zeit. Was, wenn dieser Malte erst nachts zurückkommt? So lange können wir sowieso nicht warten. Lasst uns sofort zur Puppenwerkstatt fahren!«
»Und wie kommen wir in den Keller rein?«, fragte Marie.
Franzi lief bereits zur Tür. »Wir können Frau Reumann doch offen sagen, was wir vermuten!«, rief sie über die Schulter zurück.
»Warte!«, sagte Kim.
Franzi blieb stehen.

»Ich bin einfach unsicher«, gab Kim zu. »Ich möchte nicht noch mal so einen peinlichen Reinfall erleben wie heute Nachmittag. Was, wenn unser Verdacht doch falsch ist? Frau Reumann regt sich total auf und wir sind komplett blamiert!«
Franzi zuckte mit den Schultern. »Wer nicht wagt, der nicht gewinnt«, meinte sie bestimmt.
Kim überlegte fieberhaft. Franzi hatte ja recht.
Plötzlich schoss Kim eine Idee durch den Kopf. »Okay«, sagte sie. »Lasst es uns subtiler machen. Versuchen wir es mit einem Trick.«
Franzi und Marie sahen sie gespannt an.

Kommissar Peters ist der Beste

»Gut, so machen wir es«, sagte Franzi sofort, nachdem Kim ihr und Marie den Plan erklärt hatte. »Ich bin gespannt. Auf geht's!«

»Halt!«, rief Kim.

Franzi sah sie überrascht an. »Was ist?«

»Ich muss meiner Mutter Bescheid geben, dass ich nicht zum Abendessen komme. Sonst ist der Teufel los.«

Franzi schlug sich die Hand vor die Stirn. »Stimmt!«

Marie zuckte mit den Schultern. »Dann muss die alte Ausrede her: Ihr ruft eure Eltern an und sagt, dass ihr spontan bei uns eingeladen seid. Mein Vater hat mal wieder zu viel Auberginenauflauf gemacht. Und ich erzähle Papa, dass ich Franzis Familie unbedingt beim Vertilgen einer riesigen Lasagne helfen muss!«

»Na gut«, murmelte Kim und holte hastig ihr Handy hervor. »Ich hasse diese Notlügen«, sagte sie zu sich selbst. »Aber sonst kommen wir ja nicht weiter.«

Minuten später sprangen die Detektivinnen auf ihre Räder.

»Irgendwann wird die Ausrede wohl auch nicht mehr funktionieren!«, rief Franzi und übernahm die Führung.
Kim trat kräftig in die Pedale. Sie spürte die Anstrengung kaum, so sehr war sie mit ihren Gedanken beschäftigt.
Hoffentlich klappte alles so, wie sie es sich ausgedacht hatte!

Die Detektivinnen erreichten die Oststadt in Rekordzeit. Mit quietschenden Bremsen hielten sie vor der Einfahrt zum Hinterhof an, in dem die Puppenwerkstatt lag.
Franzi lehnte ihr Rad an die Mauer und wollte loslaufen.
»Einen Moment«, sagte Kim leise. »Ich brauche unbedingt eine Extraportion Energie!«
Sie musste Marie und Franzi nicht lange erklären, was gemeint war.
»Unser Powerspruch«, murmelte Marie. »Klar!«
Die Detektivinnen stellten sich dicht zusammen und legten die Hände aufeinander.
»Eins«, flüsterte Marie.
»Zwei!«, rief Franzi leise.
»Und drei«, endete Kim.
Dann hoben sie die Arme und riefen gemeinsam: »Power!!!«
Kim schloss die Augen. Sie spürte der Energie und der wohligen Wärme nach, die ihren Körper durchflutete. Der Powerspruch war einfach immer wieder magisch!
Sie öffnete die Augen und sah ihre Freundinnen aufgeregt an.
»Jetzt kann es losgehen.«

»Hoffentlich macht Leonie auf«, flüsterte Franzi, nachdem sie an der Klingelschnur gezogen hatte.
»Hoffentlich macht überhaupt jemand auf«, warf Marie ein. »Wir können ja nicht davon ausgehen, dass …«
Die Tür wurde geöffnet und Leonie sah ihnen erstaunt entgegen.
Kims Herz fing heftig an zu pochen.
»Hallo«, sagte die junge Frau. »Das ist ja eine Überraschung.«
Täuschte sich Kim oder hatte sie eben an Leonies Oberlippe ein nervöses Zucken gesehen?
»Hallo!«, sagte Kim. »Wir würden gerne mit Frau Reumann sprechen!«
»Elvira ist mit Jens-Dieter zum Einkaufen gefahren. Ich weiß nicht genau, wann sie wiederkommt.« Leonie knetete ihre Hände. »Habt ihr denn Anita Kost gefunden? Gibt es etwas Neues zu den Puppen?«
»Nein. Leider gar nichts.« Kim zupfte sich am Ohrläppchen. »Und diese Frau scheint spurlos verschwunden zu sein.«
Leonie nickte gedankenverloren.
Kim räusperte sich. »Könntest du Elvira Reumann bitte etwas ausrichten?«
»Klar. Was denn?« Leonie sah Kim angespannt an.
»Es tut uns sehr leid. Aber wir werden im Fall des Puppendiebstahls nicht weiter ermitteln.« Kim zupfte sich erneut am Ohrläppchen. »Wir haben gute Kontakte zur Polizei. Normalerweise wird dort unsere Hilfe gerne angenommen. Aber dieses Mal hat uns der leitende Kommissar untersagt, noch ir-

gendetwas zu unternehmen. Er meint, es sei zu gefährlich.« Sie zuckte mit den Schultern. »Da kann man nichts machen. Wie gesagt, es tut uns sehr leid!«

Leonie blieb kurz der Mund offen stehen. Dann lächelte sie Kim an. »Alles klar. Das werde ich Elvira ausrichten.«

»Frau Reumann kann sich voll auf Kommissar Peters verlassen«, sagte Franzi mit feierlicher Stimme. »Er hat sich richtig in diesen Fall hineingekniet.«

»Das ist doch gut«, sagte Leonie gedehnt.

Kim nickte. »Absolut. Kommissar Peters ist der Beste.« Sie machte eine Kunstpause und stieß Marie leicht an. »Auch wenn er manchmal etwas übertreibt, oder?«

»Stimmt schon. Das mit der Hausdurchsuchung ist völlig unnötig.« Marie verdrehte die Augen. »Immer dieses Man-muss-in-alle-Richtungen-denken!«

Leonie sah die drei !!! verständnislos an.

Franzi räusperte sich. »Leute. Peters hat uns verboten, Details auszuplaudern.«

Kim schüttelte den Kopf. »Ist doch eh nur Quatsch. Wahrscheinlich macht er das sowieso nicht. Wir haben ihm ja gesagt, dass das hier nicht nötig ist.«

Leonie atmete scharf aus. »Verstehe ich das richtig? Hier bei uns soll eine Hausdurchsuchung gemacht werden? Das kann nicht sein.«

»Doch«, erwiderte Kim. »Oder auch nicht. Ich glaube ja eigentlich nicht dran.«

»Das ist vollkommener Unsinn!«, rief Leonie. »Elvira ist das

Opfer eines Diebstahls! Wie kann jemand auf die Idee kommen, ihr Haus zu durchsuchen?«

»Genau unsere Meinung«, sagte Kim freundlich. »Aber der Kommissar ist eben, wie soll ich sagen, etwas speziell.«

Leonie schüttelte stumm den Kopf. Kim konnte sehen, dass sich rote Flecken an ihrem Hals bildeten.

Franzi zupfte Kim am Ärmel. »Ich glaube, wir müssen weiter.«

»Ja, klar.« Kim lächelte Leonie an. »Sagst du Frau Reumann bitte einen Gruß? Wir drücken die Daumen, dass diese fiesen Diebe bald geschnappt werden. Alles Gute!«

Leonie trommelte mit den Fingern auf dem Türblatt. »Ja, euch auch. Macht's gut.« Hastig drückte sie die Tür zu.

Die drei !!! tauschten einen vielsagenden Blick.

»Sie ist total nervös geworden«, zischte Franzi. »Ich wette, sie hat die Puppen.«

»Jetzt heißt es warten«, wisperte Kim. »Kommt!« Sie zog ihre Freundinnen hinter den großen Rosenbusch, der in einigen Metern Entfernung an der Hauswand stand.

Kims Herz schlug heftig. Bis hierher hatte ihr Plan so funktioniert, wie sie es sich erhofft hatte. Leonie war sehr unruhig geworden. Das deutete darauf hin, dass sie etwas mit dem Diebstahl zu tun hatte. Und die Puppen wahrscheinlich im Keller des Hauses waren.

Es fragte sich nun, ob Leonie die Nerven durchgingen und sie auch so reagierte, wie Kim es sich vorstellte.

»Ich bin dermaßen gespannt«, flüsterte Franzi. »Der Plan muss einfach aufgehen!«

»Und wenn nicht?« Kim bekam plötzlich Zweifel. »Eine Hausdurchsuchung findet bestimmt niemand toll«, murmelte sie. »Da regen sich wahrscheinlich auch Menschen auf, die völlig unschuldig sind, und …«

»Ach was«, fiel ihr Franzi ins Wort. »Leonie wurde bereits nervös, als sie gesehen hat, dass wir vor der Tür stehen. Ihr Mund hat ganz merkwürdig gezuckt. Sie hat bestimmt befürchtet, dass wir hier weiter herumschnüffeln wollten. Das mit der Hausdurchsuchung hat ihr nur den Rest gegeben.«

Kim knetete ihre Hände. »Wir werden sehen.«

Die untergehende Sonne stand als orangefarbener Riesenball tief am Himmel. Die Blüten des Rosenstrauchs wurden in feuriges Licht getaucht.

Minute um Minute verstrich. Nichts tat sich.

Die Detektivinnen breiteten ihre Jacken auf dem Pflasterboden aus und setzten sich darauf.

Marie wickelte eine Haarsträhne mit ihrem Finger auf und seufzte. »Vielleicht war die Idee doch nicht so gut.«

Kim senkte den Blick.

Im nächsten Moment wurde die Haustür aufgerissen.

Die Detektivinnen sprangen auf und schnappten sich ihre Jacken. Kim lugte vorsichtig hinter dem Rosenstrauch hervor.

Leonie stürzte aus der Tür heraus. »Wir müssen sie wegbringen«, sagte sie aufgeregt.

Marie packte Kim am Arm. »Also doch!«, zischte sie.

Kurz nach Leonie kam Torben aus dem Haus. In seinen Armen hielt er eine große Holzkiste.
Leonie lief zu dem Lastenfahrrad, das neben dem Haus abgestellt war. Hektisch hantierte sie am Schloss. »Es wird mir alles zu viel. Das ist so was von schiefgelaufen. Die Puppen können nicht hierbleiben.«
Die drei !!! warfen sich triumphierende Blicke zu.
»Verlier bitte nicht die Nerven«, sagte Torben. »Eine Hausdurchsuchung? Das ist doch Quatsch.« Er stellte die Kiste auf die Ladefläche des Rads. »Und Malte wird uns nicht verraten. Das hat er nur so dahingesagt!«
»Das kannst du nicht wissen. Der ist gerade unberechenbar.« Leonie rüttelte verzweifelt am Schloss. »Jetzt hilf mir mal!«
»Was ist mit diesem Malte?«, fragte Franzi leise.
Kim zuckte mit den Schultern. »Genug gesehen und gehört«, flüsterte sie. »Zugriff!«
Die Detektivinnen stürmten auf Leonie und Torben zu. »Halt!«, rief Kim noch im Laufen. »Ihr bringt die gestohlenen Puppen nirgendwohin.«
Leonie und Torben erstarrten. Mit weit aufgerissenen Augen sahen sie die drei !!! an.
Franzi lief zur Kiste und hob den Deckel an.
Augenblicklich kam wieder Bewegung in Leonie. »Finger weg!« Sie schoss auf Franzi zu und stieß sie unsanft zur Seite. Der Holzdeckel polterte auf das Steinpflaster.
Marie konnte Franzi gerade noch auffangen und einen harten Sturz verhindern.

Im nächsten Moment erklang ein spitzer Schrei. »Was ist denn hier los!«
Kim wirbelte herum.
Elvira Reumann war, von allen unbemerkt, in den Hinterhof gekommen. Sie stellte einen Korb mit Lebensmitteln auf dem Boden ab und sah völlig verwirrt in die Runde.
»Oh nein!«, rief Leonie verzweifelt. »Alles ist aus.« Sie schlug sich die Hände vors Gesicht und brach weinend zusammen.
Torben legte die Arme um sie und schluckte hart. Entsetzt sah er zu, wie Franzi sich über die offene Kiste beugte.
Franzi entfernte eine Lage Holzwolle und nickte. »*Lilly & Anna* und die *feine Dame* sind hier drin«, sagte sie leise.
Elvira Reumann stieß erneut einen spitzen Schrei aus und lief zu der Kiste. »Meine Schätze! Sie sind wieder da!« Sie hob eine der Zwillingspuppen vorsichtig heraus und betrachtete sie zärtlich. »Wo habt ihr sie gefunden?«
Kim stemmte die Hände in die Seiten. »Leonie und Torben haben sie gestohlen und wollten sie eben fortschaffen«, sagte sie mit vor Wut zitternder Stimme.
Die alte Dame starrte Kim verständnislos an.
»Elvira! Es ist nicht so, wie es aussieht.« Leonie rappelte sich hoch und hielt sich an Torben fest. »Ich wollte nur helfen. Das musst du mir glauben!«
Torben stiegen die Tränen in die Augen. Mühsam presste er hervor: »Omi, ich glaube, wir müssen dir etwas erklären.«

Und jetzt?

»W…was müsst ihr mir erklären?«, stotterte Elvira Reumann. Sie strich der Zwillingspuppe vorsichtig eine Haarsträhne aus der Stirn.
Torben hob die Hände. »Wir haben Mist gebaut, riesengroßen Mist.«
»Ich wollte nur helfen«, beteuerte Leonie erneut. »Ich habe das Schreiben von der Bank gefunden. Deine Schulden …«
»Hallihallo, hier ist ja richtig was los!«, unterbrach sie eine gut gelaunte Männerstimme. Jens-Dieter Rohloff lief mit zwei prallen Einkaufstaschen in den Händen durch die Einfahrt. »Elvira, ich habe tatsächlich noch deine Lieblings-Leberwürstchen bei *Metzler & Co.* ergattert.«
»Je-Di!«, rief Frau Reumann aufgeregt. »Meine Puppen, sie sind wieder da.«
Der Schriftsteller ließ beinahe die Taschen fallen. »Aber das ist ja großartig!« Er lief mit federnden Schritten zu Elvira Reumann, ließ die Einkaufsbeutel auf den Boden sinken und sah begeistert auf die Puppe in ihrem Arm. »Da haben unsere

Detektivinnen mal wieder ganze Arbeit geleistet!« Er klopfte Kim auf die Schulter. Im nächsten Moment bemerkte Rohloff die nachdenklichen Gesichter der Anwesenden. »Was ist denn los?«, fragte er irritiert.

»Du wirst es nicht glauben, Je-Di!« Elvira Reumann seufzte. »Diese drei Mädchen behaupten, Leonie und Torben hätten die Puppen genommen.«

Rohloff blieb der Mund offen stehen.

»Bitte«, flehte Leonie. »Es tut mir so leid. Es stimmt, wir haben die Puppen gestohlen. Aber wir haben es doch für Elvira und die Puppenwerkstatt gemacht!«

Torben nickte schwach.

»Das müsst ihr jetzt aber mal etwas genauer erklären«, rief Marie entrüstet.

Elvira Reumann sah ungläubig von Torben zu Leonie und wieder zurück.

Der Schriftsteller räusperte sich. »Ich schlage vor, wir gehen alle ins Haus.« Er hob die Taschen auf und lief zur Tür.

Torben griff nach dem Einkaufskorb und folgte Rohloff mit hängendem Kopf.

Elvira Reumann legte die Zwillingspuppe in die Holzkiste zurück.

Leonie wollte die Kiste hochnehmen, aber die Puppenmacherin wies sie zurück. »Die nehme ich lieber selbst.«

Die drei!!! ließen den beiden den Vortritt.

»Leonie und Torben sind echt durch den Wind«, flüsterte Marie Kim zu. »Ich frage mich, was da alles dahintersteckt.«

»Ich habe einen Verdacht«, sagte Kim leise. »Und wenn es so ist, wie ich es mir gerade denke, dann haben die beiden etwas richtig Dummes gemacht.«
Marie sah Kim fragend an.
»Wir werden es wohl gleich erfahren«, meinte Kim.

Alle nahmen an dem großen Tisch im Esszimmer Platz.
Elvira Reumann umklammerte die Holzkiste auf ihrem Schoß.
»Wo sind *Coppelia* und *Karl*?«, fragte sie Leonie.
Die Auszubildende starrte zur Tischplatte. »Wir haben sie nicht.«
Die drei !!! wechselten einen überraschten Blick.
Die Puppenmacherin atmete schwer. Mit Tränen in den Augen fragte sie: »Was ist denn bloß passiert?«
»Ja, erzählt!«, forderte Kim Leonie und Torben auf.
Leonie schnappte ein paar Mal nach Luft. Dann brach es aus ihr hervor: »Ich habe im Papierkorb im Büro ein Schreiben von der Bank gefunden. Darin stand, dass Elvira drei Raten für den Hauskredit nicht bezahlt hat und er deswegen gekündigt wurde. Die Bank wollte, dass Elvira zwanzigtausend Euro innerhalb von vier Wochen zurückzahlt. Wenn nicht, würde das Haus mit der Puppenwerkstatt zwangsversteigert werden.« Leonie schluckte schwer. »So viel Geld. Auf einen Schlag. Mir war klar, dass Elvira das nicht bezahlen kann.«
Elvira Reumann stieß einen Seufzer aus. »Aber, Leonie …« Weiter kam sie nicht, denn ihre Stimme versagte und sie verbarg mit zitternden Händen ihr Gesicht.

Rohloff griff zu einer Wasserflasche auf dem Tisch und schenkte ein Glas ein. Er schob es zu seiner Patentante. »Das darf alles einfach nicht wahr sein«, murmelte er. »Das ist doch …«
»Es war so furchtbar!«, rief Leonie dazwischen. »Ich habe Angst bekommen, weil Elvira einfach den Kopf in den Sand gesteckt und das Schreiben weggeschmissen hat. Die Banken lassen doch nicht locker!«
Frau Reumann stellte die Kiste mit den Puppen auf dem Boden ab und lehnte sich in ihrem Stuhl zurück. Mit glasigem Blick starrte sie vor sich hin und flüsterte: »Nein, nein, nein.«
Rohloff öffnete den Mund und schien etwas sagen zu wollen. Er schüttelte dann aber nur stumm den Kopf.
Leonie strich mit fahrigen Bewegungen über die Tischplatte. »Ich habe schlaflose Nächte verbracht. Es war klar, dass Elvira die Puppenwerkstatt in Kürze verlieren würde. Ihren Lebenstraum!« Sie schlug mit der flachen Hand auf den Tisch. »Und auch meinen Lebenstraum!« Sie sah Elvira Reumann an. »Ich habe so sehr überlegt, wie wir Geld auftreiben können. Und dann lagen da plötzlich diese Dokumente auf deinem Schreibtisch. Von der Versicherung, die das Wasserschlösschen für deine Puppen in der Ausstellung abgeschlossen hat.«
Kim atmete scharf aus. Sie konnte sich nicht mehr zurückhalten. »Versicherungsbetrug!«, rief sie. »Du und Torben, ihr habt die Puppen gestohlen, damit die Versicherung zahlt. Und mit dem Geld sollte Frau Reumann dann ihre Schulden begleichen?«
Leonie und Torben nickten schwach.

»Aber das ist doch total irrsinnig! Frau Reumann hängt so sehr an ihren Puppen. Sie hat sich riesige Sorgen gemacht ...«

»Wir wollten ihr die Puppen gleich am Samstag geben«, unterbrach Torben sie. »Wir wussten, dass Oma dieser ganzen Sache niemals zugestimmt hätte. Also wollten wir sie vor vollendete Tatsachen stellen. Wir dachten, dass sie einfach froh darüber sein würde, dass sie die Schulden bezahlen kann. Und die Puppen hätte sie auch wiedergehabt.«

Frau Reumann gab einen erstickten Laut von sich.

Der Schriftsteller legte einen Arm um sie und schüttelte den Kopf. »Das ist unglaublich.«

»Ich weiß auch nicht.« Leonie schluchzte verzweifelt. »Jetzt kommt mir der Plan auch verrückt vor. Aber damals war alles so logisch.«

Torben nickte. »Als Leonie mich eingeweiht und gebeten hat, ihr zu helfen, dachte ich, dass das eine gute Lösung für meine Oma wäre.«

»Das ist der komplette Wahnsinn.« Kim sah die beiden fassungslos an. »Mal abgesehen davon, dass ihr eine Straftat begangen habt; wie habt ihr euch das mit den Puppen denn gedacht? Frau Reumann hätte sie doch nie wieder in der Öffentlichkeit zeigen können.«

»Das war ein Nachteil«, gab Torben kleinlaut zu. »Aber wir dachten, dass Omi damit zurechtkommt.«

Kim verschlug es die Sprache.

Torben fasste nach Leonies Hand.

Leonie zuckte zurück und schluchzte erneut. »Alles ist aus

dem Ruder gelaufen. Ich hätte es wissen müssen, dass das mit den Jungs nicht gut geht.«

»Mit *den Jungs*?«, wiederholte Marie. »Also war dieser Malte tatsächlich mit von der Partie!«

Torben und Leonie schreckten hoch. »Woher wisst ihr das?«

»Wir sind Detektivinnen und haben die richtigen Spuren verfolgt«, sagte Kim ruhig. »Wir nehmen an, dass Malte einige Fehlalarme im Schlösschen mit einem HPEM-Gerät hervorgerufen hat, sodass die Alarmanlage deaktiviert wurde. Ihr konntet also ungestört einbrechen und die Puppen stehlen.« Kim dachte scharf nach. »Ich gehe davon aus, dass ihr die fünf teuersten Puppen genommen habt, weil ihr dann nicht so viele tragen musstet.«

Torben und Leonie starrten Kim an, als sei sie eine Geistererscheinung.

»So war es«, flüsterte Leonie. »Jedenfalls fast so.«

Torben griff wieder Leonies Hand. »Sie war beim Diebstahl nicht dabei. Das haben Malte und ich gemacht. Leonie hat uns Fotos der Puppen gezeigt, die wir mitnehmen sollten.«

»Ganz die Kavaliere«, sagte Marie mit ironischem Unterton.

»Es war ein Fehler von mir, die Jungs zu fragen!«, rief Leonie. Sie schüttelte Torbens Hand ab. »Ich kenne die beiden aus der Kinderzeit. Wir drei waren früher richtig dicke Kumpels, waren oft im Wald unterwegs, haben Sachen aus Holz gebaut, auf einer Lichtung Feentanzen gespielt, Tiere beobachtet. Das war eine super Zeit. Dann aber haben wir uns für einige Jahre aus den Augen verloren. Torben ist mit seiner Familie weggezogen. Und Malte und ich sind auf unterschiedliche Schulen gegangen.« Leonie warf Torben einen wütenden Blick zu. »Die Jungs haben sich hier an der Uni wiedergetroffen und ein paar Mal miteinander gequatscht. Deshalb kam Torben auf die Idee, dass Malte uns helfen könnte.« Sie seufzte. »Ich glaube, Malte hat sich ein bisschen in mich verliebt, als wir uns wiedergesehen haben. Und Torben ist auch in mich verknallt.«

Toben sah Leonie traurig an und rückte ein Stück von ihr ab.

»Damals, als Kinder, waren wir ein tolles Team«, sagte Leonie. »Alles war in Ordnung. Wir waren Freunde, einfach gute Freunde. Und jetzt? Diese blöde Eifersucht! Sie hat alles kaputt gemacht.«

Torben nickte mit gequältem Gesichtsausdruck. »Ich habe mit Malte nicht darüber gesprochen. Aber mir war klar, dass er auch in Leonie verliebt ist. Wir wollten ihr beide imponieren. Bei der Planung kam uns das Ganze wie ein spannendes Abenteuer vor.«

»Und dann?«, fragte Kim.

»Kurz vor dem Einbruch waren wir total unruhig«, berichtete Torben weiter. »Unsere Nerven waren zum Zerreißen gespannt. Zuerst hat alles gut geklappt, wir kamen ungestört ins Schloss. Dann habe ich Maltes Finger versehentlich in einer der Vitrinentüren eingeklemmt. Er ist sofort voll ausgetickt und hat mir eins auf die Nase gegeben. Ich habe tierisches Nasenbluten bekommen, bin beinahe hingefallen und plötzlich war alles einfach nur Chaos.«

»Das erklärt einiges«, sagte Franzi. »Die blutige Spur an der Wand! Torben hat sich an die Nase gefasst und ist danach mit der blutigen Hand an die Wand gekommen.«
Torben blieb der Mund offen stehen. »Woher weißt du das?«
»Wir haben dir ja bereits gesagt, dass wir Detektivinnen sind«, stellte Franzi in sachlichem Ton fest. Sie zog die Teile des zerrissenen Fotos aus ihrer Tasche. Unter den überraschten Blicken von Leonie und Torben legte sie die Schnipsel auf dem Tisch zusammen. Sie tippte nacheinander auf die kleinen Kinder. »Torben und Malte, und das hier links, das bist wahrscheinlich du, Leonie?«
»Ja.« Leonie nickte überrascht. »Wo habt ihr das her?«
»Aus der Waldhütte von Maltes Eltern«, antwortete Kim. »Wir dachten, wir würden Malte dort finden. Aber Fehlanzeige.« Sie sah Leonie und Torben ernst an. »Wo steckt Malte?«
Leonie klammerte sich an der Tischplatte fest. Ihre Fingerknöchel traten weiß hervor. »Wir wissen es nicht«, flüsterte sie. »Er ist verschwunden!«

Showdown am Flüsterbaum

»Malte ist weg. Einfach weg. Und er hat *Coppelia* und *Karl* bei sich.« Torben kniff die Augen zusammen. »Es ist alles noch viel schlimmer, als es scheint.«

Kim zuckte zusammen. »Was ist passiert?«

»Er hat sich nach dem Vorfall im Wasserschlösschen einfach nicht mehr eingekriegt.« Torben sah Leonie traurig an. »Wir haben es zuerst noch gut mit den Puppen in unseren Rucksäcken bis zu Leonie geschafft. Sie hat mit dem Lastenfahrrad auf dem Parkplatz hinter dem Schlösschen gewartet.« Torben holte tief Luft. »Aber dann ist alles aus dem Ruder gelaufen. Als Leonie meine blutige Nase gesehen hat, ist sie total erschrocken. Sie hat mir ein Taschentuch gegeben und einen Arm um mich gelegt.« Torben zuckte mit den Schultern. »Diese Umarmung war scheinbar zu viel für Malte. Er hat sich umgedreht und ist einfach weggerannt.«

»Samt Rucksack, in dem er *Coppelia* und *Karl* hatte.« Leonie fuhr sich mit beiden Händen durchs Haar. »Torben und ich sind zur Werkstatt gefahren und haben erst mal die drei Puppen, die er in seinem Rucksack hatte, im Keller versteckt. Wir dachten, dass Malte sich bis zum nächsten Tag beruhigt und mir dann die beiden Puppen gibt.« Leonie stützte den Kopf in die Hände und starrte auf die Tischplatte. »Er ist aber einfach nicht aufgetaucht! Sein Handy war ausgeschaltet. Wir haben seine Mutter gefragt, ob sie weiß, wo Malte steckt. Aber sie war total kurz angebunden. Sie meinte, er sei zum Lernen weg und bräuchte seine Ruhe.« Leonie schlug mit der flachen Hand auf den Tisch. »Echt nicht zu fassen!«

»Wir sind total am Ende«, murmelte Torben. »Es war so schrecklich, zu sehen, wie sehr meine Oma leidet. Aber wir wollten erst *Coppelia* und *Karl* wiederhaben, um ihr alle Puppen geben zu können.«

Kim schüttelte stumm den Kopf.

Leonie massierte sich die Schläfen. »Gestern Nacht ist mir plötzlich das Waldhaus von Torbens Eltern eingefallen. Als Kinder haben wir dort oft übernachtet. Ich dachte, dass Malte vielleicht dorthin geflüchtet ist.«

»Wir sind heute Nachmittag hingefahren«, erzählte Torben weiter. »Und er war tatsächlich da! Ich war zuerst so froh, dass wir ihn gefunden hatten. Aber als er uns gesehen hat, ist er sofort wieder wütend geworden. Er hat gemeint, dass er einfach eine Riesenwut auf alle hat. Dass er die Puppen verkaufen will und Leonie und mich an die Polizei verrät, wenn wir ihn weiter nerven.« Torben kniff die Augen zusammen. »Er hat das Kinderfoto zerrissen und Leonie und mich plötzlich so heftig zurückgestoßen, dass wir beide gestürzt sind. Bis wir uns wieder

aufgerappelt hatten, war Malte mit dem Rucksack schon längst zur Tür hinaus und weg.«
»Wir haben ihn im Wald gesucht. Aber wir haben ihn nicht gefunden«, sagte Leonie und zuckte mit den Schultern. »Er ist einfach spurlos verschwunden.«
»Ich weiß nicht, was er wirklich vorhat«, sagte Torben. »Aber ich habe Angst, dass er die Puppen tatsächlich verkauft oder sonst was mit ihnen macht. Ich könnte mir das nie verzeihen, dass ich daran Schuld habe.« Er sah seine Oma traurig an. »Es tut mir unendlich leid!«
Elvira Reumann stieß einen tiefen Seufzer aus. »Was habt ihr nur angerichtet«, flüsterte sie.
Die drei !!! sahen betroffen in die Runde.
»Ich denke, es ist Zeit, Kommissar Peters zu informieren«, sagte Marie schließlich. »Er muss herkommen. Und er muss Malte suchen lassen.«
Kim nickte stumm. Die Gedanken fuhren in ihrem Kopf Karussell. Wie durch Watte hörte sie Marie telefonieren. Sie schnappte Wortfetzen auf, die darauf hindeuteten, dass Peters ziemlich sauer war und Marie versuchte, sich zu rechtfertigen. Schließlich legte ihre Freundin das Handy auf den Tisch und seufzte. »Der Kommissar informiert eine Streife, die in der Nähe unterwegs ist. Er kommt dann so schnell wie möglich nach.«
Plötzlich blitzte ein Gedanke in Kims Kopf auf. »Leonie, du hast gesagt, ihr habt als Kinder *Sachen aus Holz* im Wald gebaut. War da auch ein Baumhaus dabei?«

Leonie sah Kim erstaunt an. »Wie kommst du darauf? Nein. Das waren Unterschlüpfe aus Ästen und Zweigen.«
Kim runzelte die Stirn. »Maltes kleine Schwester Lara hat heute von einem *fliegenden Haus* erzählt, das ihr Bruder ihr mal gezeigt hat. Ich dachte, dass das ein Baumhaus sein könnte, das ihr als Kinder im Wald gebaut habt. Und dass Malte vielleicht dorthin gegangen ist.«
Torben schlug sich mit der flachen Hand vor die Stirn. »Jetzt fällt es mir wieder ein. Unser *geheimes fliegendes Haus im Flüsterbaum.*«
»Stimmt!«, rief Leonie aufgeregt. »Das hatte ich ganz vergessen. Wir haben mal ein angefangenes Baumhaus in einer Eiche entdeckt. Jemand hatte eine Plattform mit Dach errichtet, aber dann aufgehört zu bauen. Wir haben wochenlang Holzlatten hochgeschleppt und die Wände ergänzt.«
»Das Ding war damals unser ganzer Stolz. Wir sind stundenlang drinnen gesessen und haben dem Knarren der Äste zugehört. Es war wie ein Flüstern.« Torben sprang auf und lief unruhig auf und ab. »Wieso haben wir denn heute Nachmittag nicht daran gedacht! Malte könnte tatsächlich dorthin geflüchtet sein.«
Franzi sprang auf. »Wir fahren sofort hin. Wo befindet sich das Baumhaus?«
»Wir zeigen euch den Weg«, sagte Torben schnell.
Marie schüttelte den Kopf. »Nein, du und Leonie, ihr wartet hier auf den Kommissar!«
»Verstehe.« Torben biss sich auf die Lippe. »Also, ihr müsst

zu dem kleinen Wanderparkplatz beim Birkenwald fahren. Man kommt auf dem Weg zum Waldhaus an ihm vorbei.«
Marie nickte. »Wissen wir. Und weiter?«
»Auf dem Parkplatz ist ein Unterstand. Wenn man dahinter in den Wald hineingeht, kommt man nach ein paar Minuten an einen kleinen See. Dort stehen drei große Eichen am Rand des Birkenwalds. In einer der Kronen befindet sich das Baumhaus.«
»Alles klar.« Kim sprang auf und zog Marie hoch.
»Stopp!«, rief Jens-Dieter Rohloff. »Ihr fahrt jetzt nicht im Stockdunkeln alleine durch den Wald!«
»Aber ...«, fing Marie an.
»Wir nehmen mein Auto«, sagte der Schriftsteller und stand auf. Er nickte seiner Patentante zu. »Ich hoffe, wir finden den Jungen. Und die Puppen!«
Elvira Reumann biss sich auf die Lippe.
Torben setzte sich neben sie. »Es tut mir alles so leid«, murmelte er.

Der kleine Kastenwagen des Schriftstellers war in der Einfahrt geparkt. Kim nahm auf dem Beifahrersitz Platz, Franzi und Marie rutschten auf die Rückbank.
Kim öffnete den Routenplaner auf ihrem Handy und gab die Stichworte *Birkenwald* und *Wanderparkplatz* ein. Sie wählte die Option für die Fahrt mit dem Pkw und zeigte Rohloff das Display.
Er sah kurz darauf und nickte. »Alles klar!«

Als Rohloff den Wagen auf die Straße steuerte, bemerkte Kim ein Polizeiauto, das auf der gegenüberliegenden Seite angehalten hatte. Zwei Beamte stiegen aus und eilten zum Hinterhof.
Kim spürte sachte Schläge in ihrem Rücken, die von Franzis unruhigem Beingetrappel verursacht wurden. Sie sah nach hinten. »Ich bin auch gespannt wie ein Flitzebogen!«
»Ich halte es kaum aus!«, rief Franzi nach vorne.

Nach einer kurzen Strecke auf der Umgehungsstraße setzte Jens-Dieter Rohloff den Blinker und bog in eine schmale Straße ein, die durch den Wald führte. Die Lichtkegel der Scheinwerfer schnitten durch die Dunkelheit. Die hellen Stämme der Birken am Straßenrand leuchteten gespenstisch auf.
Kim beugte sich etwas vor. »Da vorne ist ein Schild. Rechts geht es zum Wanderparkplatz!«
Sie wurden langsamer und bogen ab. Der Parkplatz lag verlassen da. Rohloff steuerte den Wagen über die gekieste Fläche und bremste vor einer kleinen Holzhütte.
Die Detektivinnen rissen die Autotüren auf und sprangen hinaus.
Im Gehen aktivierte Kim die Taschenlampe an ihrem Handy.
»Wartet!«, sagte Rohloff. »Ich muss erst meine Lampe aus dem Laderaum holen.«
»Nehmen Sie die App vom Handy!«, rief Kim leise über die Schulter zurück und leuchtete hinter den Holzunterstand. Sie konnte einen schmalen Trampelpfad erkennen, der zwischen Farnen verlief und im Dickicht des Birkenwalds verschwand.

»Welche App?«, zischte Rohloff. »Ich habe überhaupt kein Smartphone.«
Kim schüttelte den Kopf. »Wie geht das denn?«
Der Schriftsteller gab keine Antwort. Kim hörte ein leises Klirren und Scharren. Rohloff schien hektisch seine Lampe im Auto zu suchen.
Franzi und Marie waren bereits einige Meter auf dem Pfad in den Wald hineingelaufen. Das Schimmern ihrer Handy-Leuchten tanzte wie Geisterlichter durchs Dunkel.
Atemlos holte Kim ihre Freundinnen ein. Gemeinsam liefen sie zwischen den Birken hindurch. Kleine Äste knackten laut unter ihren Schritten auf dem Waldboden.
»Das schallt durch die ganze Gegend«, stellte Franzi besorgt fest. »Wenn Malte wirklich im Baumhaus ist, muss er schon längst bemerkt haben, dass hier jemand herumläuft. Hoffentlich haut er nicht ab!«
Nach wenigen Metern tauchte der See vor den Detektivinnen auf. Seine Oberfläche glitzerte im fahlen Mondlicht. Kim entdeckte die mächtigen Eichen als Erste. Sie erhoben sich in wenigen Metern Entfernung zu ihrer linken Seite als schwarze Silhouetten gegen die riesige leuchtende Mondkugel.
»Kommt!«, rief sie leise und zog Franzi und Marie mit sich. In einer der Baumkronen konnte Kim einen großen dunklen Schatten erkennen. »Da ist es«, flüsterte sie.
Eine dicke Schicht Laub bedeckte den Boden. Die Detektivinnen sanken fast bis zu den Knien ein, während sie sich dem Baum näherten.

Plötzlich erklang eine Stimme von oben. »Leonie? Torben? Okay. Ich will so nicht mehr weitermachen! Lasst uns reden. Ich …« Ein lautes Knacken unterbrach die Stimme. Ein Schrei folgte.

Kim riss die Augen auf. Sie hörte ein erneutes Knacken von brechenden Ästen, dann plumpste etwas dicht neben ihr ins Laub. Ihr Herz blieb für einen Augenblick stehen, um dann doppelt so schnell weiterzuschlagen. Erschrocken starrte sie auf die Gestalt, die sich raschelnd aus dem Laub herausarbeitete.

Es war ein Junge mit dunklen Haaren, die ihm jetzt wirr ins Gesicht hingen.

»Malte«, sagte Kim tonlos.

Der Junge stand auf, schüttelte benommen den Kopf und bewegte vorsichtig Arme und Beine. Er schien sich nicht verletzt zu haben. Völlig irritiert sah er in die Runde. »Wer seid ihr? Was wollt ihr hier?«

Bevor Kim antworten konnte, erschien Jens-Dieter Rohloff keuchend neben ihnen. Sein Handscheinwerfer tauchte die Szene in gleißendes Licht.

Malte sah sich plötzlich hektisch um. »Wo ist mein Rucksack?« Er begann im Laub zu graben.

»Die Puppen!«, rief Marie entsetzt.

Kim kniff die Augen zusammen. Es war ein großes Glück, dass Malte sich nicht verletzt hatte. Wie aber wirkte sich ein Sturz vom Baum auf zierliche Puppen aus Porzellan aus?

»Katastrophe«, hauchte Kim.

Ein echtes Wunder

»Junge, Junge, was für eine Geschichte«, sagte Jens-Dieter Rohloff leise, während er den Wagen vor der Einfahrt zum Hinterhof parkte. Er drehte den Zündschlüssel, zog die Handbremse und sah zu Malte, der auf dem Beifahrersitz saß. »Zumindest hast du vorhin nicht die Flucht ergriffen und bist jetzt bereit, dich der Verantwortung zu stellen. Das ist gut.«

Malte fuhr sich mit beiden Händen durchs Haar. »Es tut mir leid.« Er boxte leicht gegen die Autotür. »Ich war in den letzten Tagen total verzweifelt. Es war alles zu viel! Dass ich mit den Puppen weggerannt bin, war eine Kurzschlussreaktion. Danach wusste ich überhaupt nicht, was ich machen sollte. Ich konnte einfach keinen klaren Gedanken mehr fassen. Ich hatte gehofft, dass mir etwas einfallen würde, wenn ich im Waldhaus wäre.« Malte sah zur Decke des Wagens hoch. »Dort ist das Durcheinander in meinem Kopf aber immer schlimmer geworden. Ich habe sogar überlegt, die Puppen zu verkaufen und mit dem Geld jemanden zu bezahlen, der mir diese verdammte Facharbeit für die Uni schreibt!«

Kim wechselte einen erschrockenen Blick mit Franzi und Marie.
»Gute Güte«, entfuhr es Rohloff.
Malte nickte langsam. »Erst, als ich im alten Baumhaus im Flüsterbaum war, konnte ich so langsam wieder klar denken. Mir ist bewusst geworden, dass ich nicht weiter davonlaufen kann, sondern dass ich mit Leonie und Torben reden muss.« Malte schlug erneut gegen die Tür. »Das ist doch alles der totale Wahnsinn!«, flüsterte er heiser. »Wir haben Riesenmist gebaut.«
»Das kannst du laut sagen«, stellte Franzi fest.
Kim nickte nachdenklich. Es war wirklich das Allerletzte, was Leonie, Torben und Malte gemacht hatten. Und dennoch tat ihr Malte irgendwie leid. Er wirkte ziemlich verzweifelt und stand unter großem Druck. Er hatte erzählt, dass seine Eltern unbedingt wollten, dass er studierte, obwohl ihm die ganze Theorie überhaupt nicht lag. Das Studium der Elektrotechnik war schon ein Kompromiss gewesen. Wenn es nach seiner Mutter gegangen wäre, hätte es Jura sein müssen, damit Malte später die Kanzlei übernehmen konnte. Er wollte seine Eltern nicht enttäuschen, doch er befürchtete, dass er das erste Semester nicht schaffen würde. Malte war in den meisten schriftlichen Tests gescheitert und er brachte es nicht fertig, die notwendige Facharbeit zu schreiben. Und dann hatte er sich auch noch in Leonie verliebt, die aber scheinbar Torben bevorzugte. Das hatte ihn zuerst sehr traurig gemacht, dann unendlich wütend. Als Leonie den Arm um Torben gelegt hatte, war ihm die

Sicherung durchgebrannt. Alle schienen gegen ihn zu sein. Er hatte eine Riesenwut auf alle entwickelt …

»Wir sollten jetzt reingehen«, riss Rohloffs Stimme Kim aus ihren Gedanken. Sie stieß einen tiefen Seufzer aus und schob die Autotür mit einem kräftigen Ruck auf.

»Was für ein Glück, dass die beiden Puppen nicht beschädigt worden sind«, sagte Franzi leise. Sie hob den Rucksack aus dem Fußraum und reichte ihn Kim.

»Das ist tatsächlich ein Wunder«, murmelte Marie, während sie aus dem Auto kletterte.

Kim strich gedankenverloren über das glatte Leder des Rucksacks. Es war wirklich unglaublich: Als Malte von der Baumhausleiter gestürzt war, musste sich einer der Trageriemen an einem Ast verfangen haben. Der Rucksack war offensichtlich im Fallen von Maltes Rücken gezogen worden und oben im Baum hängen geblieben.

Jens-Dieter Rohloff hatte ihn entdeckt, als er mit seinem Handscheinwerfer in den Baum geleuchtet hatte.

Franzi war sofort hochgeklettert und hatte den Rucksack geborgen. Zum Glück waren die Puppen in dicke Tücher eingewickelt gewesen und vollkommen unbeschädigt.

Kim schob die Autotür zu und folgte den anderen, die bereits über den Hinterhof liefen.

Sie biss sich auf die Lippe. Bei diesem Fall gab es so viel Verzweiflung, Wut, Eifersucht und Missverständnisse. Das war wirklich hart.

Der Kommissar stand am Eingang und wartete auf sie. Kim straffte die Schultern und beschleunigte ihre Schritte.

Detektivtagebuch von Kim Jülich
Donnerstag, 13:44 Uhr

Wir haben es geschafft! Der rätselhafte Raub ist aufgeklärt und alle Puppen sind wieder bei ihrer Besitzerin!
Elvira Reumann war unendlich erleichtert darüber, dass wir ihr auch *Coppelia* und *Karl* unversehrt zurückgeben konnten.
Sie ist natürlich schwer enttäuscht von Leonie und Torben. Dass ihre Auszubildende und der eigene Enkel für den Diebstahl verantwortlich sind, ist absolut tragisch.
Leonie war verzweifelt, sie hatte Angst, dass Elvira Reumanns Puppenwerkstatt zwangsversteigert werden müsste und der große Lebenstraum platzen würde. Das wollte sie um alles in der Welt verhindern. Dafür hat sie diesen unfassbaren, kriminellen Plan für einen Versicherungsbetrug ausgeheckt, und Torben und Malte haben sich in die Sache hineinziehen lassen, weil beide Leonie imponieren wollten. Dabei haben sie sich wie kleine Jungs verhalten, die *Verbrecher* spielen. Es ist kaum zu glauben, dass die beiden schon achtzehn sind.
Mir fehlen einfach die Worte.
Kommissar Peters hat Leonie, Torben und Malte gestern auf dem Revier verhört. Wir wollen ihm nachher einen Besuch abstatten, um letzte Details zum Fall in Erfahrung zu bringen. Ich frage mich, welche Strafe die drei zu erwarten haben. Elvira Reumann wird keine Anzeige erstatten, das hat sie schon am Dienstagabend gesagt. Sie will Leonie und Torben noch eine Chance geben. Das finde ich sehr, sehr großzügig von ihr! Aber die Geschäftsführung vom Wasserschlösschen wird wahrscheinlich Schadensersatz für das eingeschlagene Fenster und die kaputte Einrichtung verlangen.

Was für eine Geschichte!
Peters hat uns übrigens erst mal wieder eine Standpauke gehalten, weil wir uns nicht von den Ermittlungen ferngehalten und angeblich in gefährliche Situationen gebracht haben. Jedes Mal ist es das Gleiche ... zum Schluss hat er uns dann aber doch zum gelösten Fall gratuliert!!!

Geheimes Tagebuch von Kim Jülich
Donnerstag, 14:54 Uhr

► Eine kleine Warnung an meine lieben Brüder Ben & Lukas: Euren geheimen Schoko-Vorrat habe ich bereits geplündert. Wenn ihr nicht sofort aufhört, in meinem geheimen Tagebuch zu lesen, ist eurer Gummibärchen-Versteck dran ... ◄
SEUFZ. Ich glaube, ich muss in der nächsten Zeit doch noch mal mit David reden. Ich habe gestern, als er bei mir war, zugestimmt, dass die Super-HPEM-Waffe in unserem nächsten Roman vorkommt. Das war voreilig, stelle ich jetzt fest. Ich muss einfach noch zu stark unter dem Eindruck unseres Falls gestanden haben. Das HPEM-Thema hat uns ja auf eine entscheidende Spur gebracht. Das war richtig gut. Wenn ich darüber nicht Bescheid gewusst hätte, wären wir Malte wohl nicht auf die Schliche gekommen. (Er hatte das Gerät übrigens in seiner Arbeitsgruppe an der Uni selbst gebaut. Theorie liegt ihm nicht, aber praktisch veranlagt zu sein scheint er ja.)
Wie auch immer. HPEM war für unseren Fall sehr nützlich. Aber ob das auch für unseren Roman gilt?!
Ich werde noch mal mit David reden!

»Ich kann es immer noch nicht fassen«, murmelte Kim, während sie mit Marie und Franzi langsam die Stufen vor dem Polizeirevier hinunterlief.

Marie nickte. »Was der Kommissar zum Schluss erzählt hat, war wirklich der Hammer.«
Die Detektivinnen liefen schweigend zu dem großen Brunnen, der vor dem Revier stand, und setzten sich an den Beckenrand. Kim lehnte sich an den steinernen Rücken einer der wasserspeienden Delfin-Figuren und kniff die Augen zusammen. »Heftig!«, murmelte sie. »Es ist schlimm, dass Leonie, Torben und Malte ein Problem mit einer kriminellen Tat lösen wollten. Aber wie tragisch ist es, dass das Problem gar kein Problem mehr war!«
Franzi beugte sich zum Wasser und tauchte ihre Hand ein. »Warum bloß hat Leonie Frau Reumann nicht gesagt, dass sie das Schreiben von der Bank gefunden hatte? Statt sofort diesen verrückten Plan zu spinnen, hätte sie doch mit ihr reden und mit ihr gemeinsam nach einer Lösung suchen können. Und dann hätte ihr Elvira Reumann ja gleich erzählt, dass es gar keine Schulden mehr gibt!« Franzi zog ihre Hand aus dem Wasser und trocknete sie an ihrer Jeans ab. »Das ist einfach ohne Worte.«
Kim nickte. Sie konnte es immer noch nicht richtig glauben: Elvira Reumann hatte sich schon längst ihrem Patensohn Jens-Dieter Rohloff anvertraut und ihm von der Kündigung des Kredits erzählt. Der Schriftsteller hatte wohl keine Sekunde gezögert und ihr aus der Patsche geholfen!
»Zum Glück verdient Herr Rohloff mit seinen Bestseller-Büchern so viel Geld, dass zwanzigtausend Euro für ihn keine große Angelegenheit sind«, stellte Kim fest.

Marie grinste. »Vielleicht seid du und David auch bald ganz berühmt und verkauft viele Bücher. Ihr müsst unbedingt schnell den Fortsetzungsroman schreiben!«
Kim lachte. »Ich glaube, das mit der Fortsetzung wird noch ein Weilchen dauern.«
»Das ist vielleicht auch besser so.« Franzi sah Kim nachdenklich an. »Ich wünsche euch zwar schon, dass ihr richtig erfolgreich werdet. Aber dann vergisst du womöglich unseren Detektivclub?«
Kim schüttelte sofort den Kopf. »Das wird niemals passieren! Absolut niemals – mit drei Ausrufezeichen dran!!!«
Franzi und Marie kicherten und strahlten Kim an.
Die drei Detektivinnen rückten näher zusammen und legten die Arme umeinander.
»Dann ist ja jetzt nur noch eine Sache offen«, murmelte Marie.
Kim sah sie überrascht an. »Was denn?«
Marie grinste. »Wir müssen ins *Café Lomo* ...«
»Und auf den gelösten Fall anstoßen!«, ergänzte Franzi und sprang auf.
Kim nickte, während Franzi sie und Marie lachend hochzog. »Auf den gelösten Fall!«, rief Kim. »Und auf ganz, ganz viele neue!«

Mira Sol mag Sonnenblumen, Krimis und Geheimnisse. Sie lebt und schreibt in Stuttgart. Die Ideen zu ihren Geschichten findet sie beim Beobachten von Menschen im Café, beim Zeitunglesen oder bei langen Spaziergängen im Wald. Oder auch mal in einem alten Schlösschen in Italien, in dem wunderschöne antike Puppen ausgestellt sind und die Besucher mit ihren geheimnisvollen Kristallaugen anblicken …

Die drei !!!
Die spannenden Fälle von Kim, Franzi und Marie gibt es auch als Hörspiel!
Fall 66
Die drei !!!
Tanz der Herzen
LANGEWEILE
TOP SECRET
GIBT'S HIER NICHT!
Fall 67
Die drei !!!
Tatort Geisterbahn
1, 2, 3 – Power!
EUROPA
Überall im Handel, als Streaming und zum Download.
EUROPA
www.diedreiausrufezeichen.de
@diedreiausrufezeichen.de
© 2020 Sony Music Entertainment Germany GmbH. · „Die drei !!!“® ist eine Marke der Franckh-Kosmos Verlags-GmbH & Co. KG. · Gestaltung: KB&B - Family Marketing Experts

Die drei !!!

Clevere Girls knacken jeden Fall!

- ☐ Die Handy-Falle
- ☐ Betrug beim Casting
- ☐ Gefährlicher Chat
- ☐ Gefahr im Fitness-Studio[e]
- ☐ Tatort Paris[e]
- ☐ Skandal auf Sendung[e]
- ☐ Vorsicht Strandhaie![e]
- ☐ Skaterfieber[e]
- ☐ Im Bann des Tarots[e]
- ☐ Tanz der Hexen[e]
- ☐ Kuss-Alarm[e]
- ☐ Popstar in Not[e]
- ☐ Gefahr im Reitstall
- ☐ Spuk am See[e]
- ☐ Duell der Topmodels[e]
- ☐ Total verknallt![e]
- ☐ Gefährliche Fracht[e]
- ☐ VIP-Alarm[e]
- ☐ Teuflisches Handy
- ☐ Beutejagd am Geistersee[e]
- ☐ Skandal auf der Rennbahn[e]
- ☐ Jagd im Untergrund[e]
- ☐ Undercover im Netz[e]
- ☐ Fußballstar in Gefahr[e]
- ☐ Herzklopfen![e]
- ☐ Tatort Filmset[e]
- ☐ Vampire in der Nacht[e]
- ☐ Achtung, Promihochzeit![e]
- ☐ Panik im Freizeitpark[e]
- ☐ Falsches Spiel im Internat[e]
- ☐ Betrug in den Charts[e]
- ☐ Party des Grauens[e]
- ☐ Küsse im Schnee[e]
- ☐ Brandgefährlich![e]
- ☐ Diebe in der Lagune[e]
- ☐ SOS per GPS[e]
- ☐ Mission Pferdeshow[e]
- ☐ Stylist in Gefahr
- ☐ Verliebte Weihnachten
- ☐ Achtung, Spionage![e]
- ☐ Im Bann des Flamenco
- ☐ Geheimnis der alten Villa
- ☐ Nixensommer
- ☐ Skandal im Café Lomo!
- ☐ Tatort Geisterhaus
- ☐ Filmstar in Gefahr
- ☐ Unter Verdacht
- ☐ Die Maske der Königin
- ☐ Skandal auf dem Laufsteg
- ☐ Freundinnen in Gefahr
- ☐ Krimi-Dinner
- ☐ Das rote Phantom
- ☐ Hochzeitsfieber!
- ☐ Klappe und Action!
- ☐ Wildpferd in Gefahr
- ☐ Geheimnis im Düstermoor
- ☐ Tatort Kreuzfahrt
- ☐ Gorilla in Not
- ☐ Das geheime Parfüm
- ☐ Liebes-Chaos!
- ☐ Der Fall Dornröschen
- ☐ Spuk am Himmel
- ☐ Flammen in der Nacht
- ☐ Der Graffiti-Code
- ☐ Heuler in Not
- ☐ Tanz der Herzen
- ☐ Tatort Geisterbahn
- ☐ Gefahr im Netz
- ☐ Nacht der Wölfe
- ☐ Gefährliches Spiel
- ☐ Gefahr in den Ruinen
- ☐ Kuss der Meerjungfrau
- ☐ Legende der Einhörner
- ☐ Rätsel der Vergangenheit
- ☐ Tatort Hollywood
- ☐ #Falscher Ruhm
- ☐ Achtung, Gaunerzeichen!
- ☐ Das Bienengeheimnis
- ☐ Vier Pfoten in Gefahr
- ☐ Ein echt schöner Fall
- ☐ Geheimnis im Spukhotel
- ☐ Das Konfetti-Komplott
- ☐ Voller Einsatz für die Erde
- ☐ Luftballon-Küsse
- ☐ Ein Fall mit Herz und Huf
- ☐ Rätselhafter Raub
- ☐ Geheimnisvoller Liebestrank

Alle Bücher auch als E-Book erhältlich
[e] nur als E-Book erhältlich

diedreiausrufezeichen.de

Fall 66
Die drei !!!
Tanz der Herzen
LANGEWEILE
TOP SECRET
GIBT'S HIER NICHT!
Fall 67
Die drei !!!
Tatort Geisterbahn
1, 2, 3 – Power!
EUROPA